# 아르슬란 전기

## 7
### 왕도탈환

# 목 차

## 주요 등장인물

○파르스

**아르슬란:** 파르스 왕국 제18대 샤오(국왕) 안드라고라스 3세의 왕자.

**안드라고라스 3세:** 파르스 샤오.

**타흐미네:** 안드라고라스의 아내이자 아르슬란의 어머니.

**다륜:** 아르슬란을 섬기는 마르즈반(만기장萬騎長). 별명은 '마르단후 마르단(전사 중의 전사)'.

**나르사스:** 아르슬란을 섬기는 전前 다이람 영주. 미래의 궁정화가.

**기이브:** 아르슬란을 섬기는 자칭 '유랑악사'.

**파랑기스:** 아르슬란을 섬기는 카히나(여신관).

**엘람:** 나르사스의 레타크(몸종).

**히르메스:** 은가면. 파르스 제17대 샤오 오스로에스 5세의 아들. 안드라고라스 3세의 조카.

**잔데:** 히르메스의 부하.

**삼:** 히르메스를 섬기는 전 마르즈반.

**암회색 옷의 마도사:** ?

**자하크:** 사왕蛇王.

**키슈바드:** 파르스의 마르즈반. 별명은 '타히르(쌍검장군)'.

**아즈라일**: 키슈바드가 키우는 샤힌(매).

**쿠바드**: 파르스의 마르즈반. 애꾸눈 장한.

**알프리드**: 조트 족장의 딸.

**메르레인**: 알프리드의 오빠.

**루샨**: 아르슬란을 섬기는 사트라이프(왕자 보좌).

**이스판**: 죽은 마르즈반 샤푸르의 동생.
      별명은 '파르하딘(늑대가 키운 자)'.

**자라반트**: 아르슬란을 섬기는 옥서스 지방 영주의
      아들. 뛰어난 완력의 소유자.

**투스**: 아르슬란을 섬기는 전 자라 지방 수비대장.
      철쇄술의 고수.

**구라즈**: 길란의 해상상인.


○루시타니아

**이노켄티스 7세**: 파르스를 침략한 루시타니아의 국왕.

**기스카르**: 루시타니아의 왕제王弟. 국정의 실권을 장악
      하고 있다.

**몽페라토**: 장군.

**에투알**: 본명은 에스텔. 루시타니아의 수습기사 소녀.


○신두라

**자스완트**: 아르슬란을 섬기는 신두라인.

○투란

**짐사:** 파르스에 사로잡힌 장군.


○마르얌

**이리나:** 마르얌 왕국의 공주.

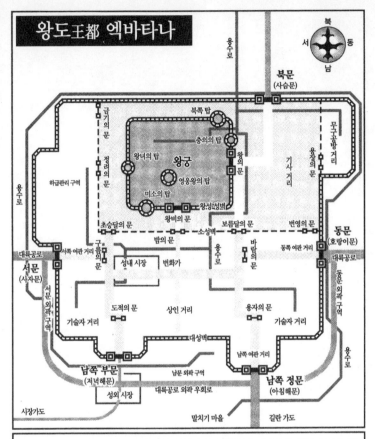

**왕도王都 엑바타나**

북
서 동
남

용수로

북문
(사슴문)

금기의 문

정례의 문

북쪽 탑

충의의 탑

왕녀의 탑

왕궁

왕의 문

무구공방 거리

용성의 문

기사 거리

하급관리 구역

영웅왕의 탑

미소의 탑

왕·성성벽

초승달의 문

왕비의 문

보름달의 문

번영의 문

동문
(호랑이문)

구름의 문

밤의 문

소성벽

바람의 문

동쪽 여관 거리

대륙공로

서문
(사자문)

서쪽 여관 거리

성내 시장

번화가

용수로

용수로

서문 외곽 구역

도적의 문

상인 거리

용자의 문

기술자 거리

동문 외곽 구역

기술자 거리

대성벽

남쪽 여관 거리

대륙공로

남쪽 부문
(저녁해문)

남문 외곽 구역

성외 시장

대륙공로 외곽 우회로

용수로

남쪽 정문
(아침해문)

시장가도

말치기 마을

길란 가도

---

왕도 엑바타나는 동서남북에 다섯 개의 문이 있는 성곽도시이며 시내 중앙부를 대륙공로가 관통한다. 각 문은 수원지를 가진 북문에 사냥의 풍요로움을 뜻하는 사슴, 동쪽의 외적을 막아내는 동문에 호랑이, 서쪽을 지키는 서문에 사자 등, 각각 동물의 이름을 붙였다. 다만 옛 대륙공로가 지나며 현재도 성 밖의 우회로가 된 남문은 각각 길란 가도에 이어진 동쪽에 아침해문, 이웃 여러 나라로 이어지는 서쪽에 저녁해문이라는 이름을 붙였다. 식량을 나타내는 사슴이나 하루하루의 생활을 나타내는 아침해 및 저녁해라는 이름이 붙은 남북, 외적과의 격렬한 전투를 뜻하는 호랑이나 사자의 이름을 가진 동서. 이는 남북을 바다로 보호받으며 동서로 대륙의 열강과 대치하는 파르스의 지정학적 특질이 반영되었다고 할 수 있다.

성내는 보통 정치나 군사에 관한 것들은 북쪽에서 처리하고 서민은 남쪽에서 사는 식으로 나뉘어졌다. 왕궁을 포함한 시설은 기사 거리라 불리며, 도시 전체를 에워싼 대성벽만큼은 아니지만 적의 침입을 막는 소성벽이 있어 왕궁을 보호한다. 이 일대를 크게 차지한 왕궁은 다섯 개의 탑과 두 개의 정문을 가졌으며 널리 대륙공로 주변 국가에 기품과 아름다움을 전한 건축물로 유명하다.

왕궁 중앙에 있는 탑을 영웅왕 카이 호스로의 탑이라 부른 것을 제외하면 왕궁의 모든 탑은 건축 당초에는 그저 동서남북으로 명칭을 정해두었으나, 왕정 300년을 거치며 겪은 온갖 비극과 사건 덕에 별명이 붙고, 어느새 독특한 이름으로 불리게 된 것이 많다. 이것은 탑만이 아니라 성새도시 내의 각 구역을 잇는 문에 관해서도 마찬가지라 할 수 있다.

100년쯤 전에는 이미 인구가 성새의 범위를 넘었으므로 수많은 사람이 위험을 무릅쓰고 문 밖에 촌락을 만들었다. 이런 촌락은 해가 뜰 때부터 질 때까지 규정된 성문 개방 시간에 맞추지 못해 성 밖에서 잠을 잘 수밖에 없게 된 여행자들의 숙박촌이기도 하다.

제1장 열풍은 피의 냄새

I

   강풍이 지나간 후 대기와 대지는 열기를 머금고 잠잠해졌다. 밤은 지상에 시커먼 장막을 드리웠으나, 그것마저 더위에 그을린 나머지 다가올 아침의 광채를 더럽히는 것은 아닐까 여겨질 정도였다. 보기 드문 일이었다. 파르스의 여름은 낮에는 견디기 힘든 열기를 가져다주어도 밤이 되면 급속도로 서늘해져 사람들에게도, 새나 짐승에게도, 초목에게도 골고루 안식을 가져다준다. 그런데 파르스력·321년 8월 5일 밤은 생물들의 갈망을 비웃듯 열기가 고여 눈에 보이지 않는 불쾌한 팔로 만물을 에워싸려 했다.

정복자인 루시타니아군은 파르스 왕도 엑바타나 동쪽에 진을 치고 파르스군과의 결전을 준비했다. 파르스군의 주력은 동쪽에 있긴 했지만, 사실은 서쪽과 남쪽에서도 왕도를 향해 접근하는 중이었다.

"엑바타나라는 미녀 한 사람에게 갑주를 걸친 기사 네 명이 달려들어 사랑을 독점하려 드는군."

모든 사정을 아는 이가 있다면 현재의 상황을 그렇게 비유할지도 모른다. 하지만 루시타니아군은 물론 모든 사정을 알지는 못했다. 특히 남쪽 길란에서 왕도로 북상하는 아르슬란 왕자의 군대에 대해서는 그야말로 무지했다. 그리고 그 무지가 한층 커다란 불안을 불러일으켰다.

루시타니아군의 총수는 왕제라 불리는 기스카르 공작이었다. 서른여섯 살인 그는 지력과 기력과 체력의 균형이 잡혀 정치와 군사에 뛰어난 수완을 가졌으며 장병들의 인망도 높다. 나약하고 무능한 형왕 이노켄티스 7세 따위 옥좌의 장식품일 뿐이었다. 지금 그는 20만 대군을 이끌고 적을 치려는 중이었으며, 열기 탓에 갑주를 벗고 얇은 비단옷만을 걸쳤다. 허리춤에는 검을 찼으나 표정에는 그늘이 있었다.

전의가 약해진 것은 아니지만 승리에 대한 확신이 완벽하지가 않았다. 아내와 자식을, 또는 다른 일가친척을 고국에 남기고 어쩌면 자신들은 타향에서 백골이 되어 이교도들의 환호를 장송곡 삼아 스러져야 하는 것은 아닐까.

파르스력 321년에 들어선 후로 루시타니아군의 사기는 떨어지기만 했다. 오랜 역사를 자랑하는 마르얌 왕국을 멸망시키고 위대한 파르스의 수도를 점령해 바로 며칠 전까지만 해도 흉포하고 무자비한 정복자로 으스대고 있었는데, 이제는 점령지의 절반을 파르스군에게 탈환당하고 수많은 성새를 빼앗겼으며 보두앵 장군을 비롯한 이름 높은 기사들을 잃었다. 그사이에 한 번은 포로로 잡았던 파르스 샤오(국왕) 안드라고라스도 놓쳐버리고 말았다. 패배와 실책이 이어지면서 기스카르 한 사람의 힘만으로는 루시타니아의 국운을 지탱하기가 점점 어려워졌다.

기스카르의 귀에 병사들의 기도 소리가 흘러 들어왔다. 천막 너머에서, 병사들이 불안에 사로잡혀 땅에 무릎을 꿇고 밤하늘 저편에 기도를 올리는 것이었다.

"이알다바오트 신이시여! 주의 가엾은 종을 구하여 주소서. 주의 힘으로 우리의 운명에 은총을 내려주소서……."

그 말에 기스카르는 혀를 차고 싶어졌다. 신이 이제까지 무엇을 해주었단 말인가. 결사의 각오로 고국 루시타니아를 떠나, 원정을 이어나가고, 영토와 재물을 빼앗았다. 신이 아니라 바로 이 기스카르가 모든 지혜와 능력을 다 쏟아부어 해냈던 일이다. 그 증거로 기스카르의 능력이 미치지 못하는 곳에서는 실책도, 패배도 있지 않았던가.

생각은 하면서도 입 밖으로 낼 수는 없는 말이었다. 그는 겉으로는 이알다바오트 교의 충실한 신도였으며, 실책이나 패배를 하나하나 헤아리는 것도 불쾌한 일이었다. 게다가 병사들에게 기도를 중지하라고 명령을 내릴 수도 없었다. 기스카르는 언짢은 모습으로 파르스 나비드(포도주) 뚜껑을 따고는 열기 탓에 완전히 미지근해진 붉은 술을 들이켰다. 한숨 돌린 후, 느닷없이 표정을 바꾸고 긴장했다.

"누구냐, 거기 있는 것이."

기스카르의 물음에 대한 대답은 큰 무례로 돌아왔다. 그의 목소리를 무시하는 듯한 침묵이 이어지고, 이를 견디다 못해 기스카르가 다시 입을 열려 했을 때 어둠 안에서 사람의 말이 흘러나왔다. 나직하고 갈라진 목소리의 파르스어였다.

"고민이 깊으신 모양이군, 루시타니아의 왕제여. 지위는 책임을 수반한다지만 너무 무거운 짐을 짊어졌으니, 후후후, 안됐어."

천막 한구석에서 무언가가 꿈틀거렸다. 그림자에 녹아들었던 누군가가 윤곽을 드러내고 있었다. 기스카르는 갑주를 입지 않았던 것을 후회했다. 천막 밖에 있을 위병들을 부르려 했지만 어째서인지 목구멍이 꽉 막힌 것처럼 고함이 나오질 않았다.

암회색 옷을 입은 사내가 기스카르의 앞에 섰다. 이 열기 속에서 땀 한 방울 흘리지 않는 듯했다.

"무슨 볼일이냐. 수도를 빼앗긴 패배자 파르스인이 원망이라도 늘어놓으러 왔느냐?"

갈라진 목소리로 허세를 부리는 기스카르에게 사내는 조롱의 파동을 보냈다.

"원망이라고? 그럴 리가. 그대들 루시타니아인에게는 감사의 마음을 금치 못하고 있거늘."

"감사라고?"

"그렇다. 그대들 루시타니아인은 아주 잘 움직여 주었다. 사왕 자하크 님께서 지상에 부리시는 신의 채찍으로서 말이다."

자하크라는 이름을 들었을 때 기스카르는 온몸의 피부에 소름이 돋는 것을 느꼈다. 처음 듣는 이름이었다. 그럼에도 기스카르는 정체 모를 공포와 혐오감을 느끼지 않을 수 없었다. 그것은 갓난아기가 어둠을 들여다보았을 때 느끼는 공포와 매우 흡사했을지도 모른다. 완전히 동일하다고는 할 수 없지만 기괴한 혐오의 심정이었다.

"이알다바오트 신 따위 실존하지 않는다."

기스카르의 표정을 살피며 정체불명의 파르스인은 조롱을 이어나갔다.

"실존한다면 그대들을 구하러 강림하였겠지. 신의 영광을 위해 고국을 떠나 만 리 길 원정을 온 그대들이 아닌가. 칭송해 마땅한 신도들이거늘 어째서 신은 그대들을 위기에서 구하려 하지 않는가?"

기스카르는 대답할 수 없었다. 기스카르 본인이 그렇게 생각했기 때문이다. 루시타니아 최대의 실력자인 그가 피정복자인 파르스인에게 반론하지 못하는 꼴이었다.

"이알다바오트 신은 실존하지 않는다. 그러나 사왕 자하크 님은 실존하시지. 그렇기에 사자로서 이 몸을 부리셨다."

암회색 옷이 크게 출렁여 뜨거운 밤공기를 기스카르에게 흘려보냈다.

"나의 이름은 푸라드. 자하크 님을 섬기는 종복 중 한 명이다. 존사님의 명령으로 사교도의 수괴인 그대에게 재미있는 것을 보여주지. 얌전히 따라오라."

"다, 닥쳐라, 입만 산 파르스의 여우놈아!"

기스카르는 허리의 검을 뽑으려 했으나 갑자기 현기증이 났다. 파르스인이 재빨리 손을 움직이자 색도 냄새도 없는 장독이 그의 온몸에 달라붙어 힘차게 조여들었던 것이다. 눈에 보이지 않는 뱀에 휘감긴 것 같았다. 기스카르는 고통 어린 신음을 지르고, 그 신음에 공포와 혐오가 묻어났다. 그는 이 세상의 것이 아닌 무언가를 본 것이다. 그의 옷 표면에 뱀이 감기는 모양대로 주름이 지고 소리를 내며 비단옷의 이음매가 터져나갔다.

'눈에 보이지 않는 뱀'이란 비유가 아니었다. 실제로 뱀이 존재했으며 기스카르의 몸에 보이지 않는 몸통을 감고 강하게 강하게 조여댔다. 루시타니아인의 경악을 보며 파르스인은 기분 좋게 웃었다.

"자하크 님의 종복 된 자에게 주어지는 술법 중 하나. 조공사술操空蛇術이라는 것이다. 공기가 뱀이 되어 인간을 휘감고 조여 죽이지. 어떤가? 원한다면 전신의 뼈를 으스러뜨리고 산 채로 지상의 해파리를 만들어줄 수 있는데."

기스카르는 암회색 옷을 입은 사내가 단순한 이교도가 아닌 무시무시한 마도사임을 깨달았다. 공포를 압도할 만한 분노에 사로잡혀 그는 몸을 움직이려 했지만 눈에 보이지 않는 뱀은 더욱 강하게 감겨 기스카르를 쓰러뜨렸다.

그러나 넘어지는 순간 기스카르는 강렬한 압박감에서 해방되었다. 눈에 보이지 않는 뱀은 마도사의 손으로 돌아가고, 마도사는 약간 당황해 주위로 시선을 돌리고 있었다. 그도 생각지 못했던 사태가 발생한 것이었다.

"적이다! 야습이다!"

비명 섞인 루시타니아어에 파르스어 함성이 겹쳐졌다. 검을 부딪치는 소리, 활시위 울리는 소리, 말발굽 소리가 동시에 들려 루시타니아군의 진영은 순식간에 혼란의 소용돌이에 말려들었다.

이 야습부대를 지휘하는 자는 파르스군의 젊은 용장 이스판이었다. '파르하딘(늑대가 기른 자)'이라는 별명을 가진 그는 샤오 안드라고라스 3세의 명령을 받아 기병으로만 구성된 2천 기를 이끌고 루시타니아군에 야습을 감행했던 것이다.

이는 단순한 야습이 아니라 파르스군이 구상한 장대한 작전의 일부였다. 이스판의 부대는 말의 입에 나무판을 물리고 말발굽을 자루로 감싸 울음소리와 발소리를 없애 어둠 속에 묻혀 루시타니아군의 본진까지 접근했던 것이다.

"당황하지 마라! 본격적인 공격이 아니다. 침착하게 적의 퇴로를 차단하라!"

몽페라토 장군의 목소리를 혼란 속에 들으면서 기스카르는 겨우 몸을 일으켰다. 시퍼렇게 멍이 든 팔을 내려다보고 몸을 떤 다음 호흡을 가다듬었다. 검을 지팡이

삼아 일어났을 때 눈앞에 힘차게 뛰어든 말 그림자가 있
었다. 파르스 갑주를 걸친 기사가 그들 나라의 언어로
날카롭고 격렬하게 외쳤다.

"거기 있었느냐, 침략자의 두목!"

그야말로 젊은 늑대처럼 날래게 이스판이 기스카르에
게 달려들었다. 물론 그는 기스카르의 이름도 얼굴도
몰랐으나 이런 곳에 있는 가장 화려한 차림의 기사가 전
군의 총수임은 두말할 나위가 없으리라. 설령 평복이라
해도 비단옷의 광택은 횃불 아래 훤히 드러났다.

파르스 기사의 장검이 유성 같은 광채를 그리며 기스
카르의 머리 위로 떨어졌다. 칼날 부딪치는 소리가 울
려 퍼지며 쇠를 태우는 냄새가 피어났다.

기스카르는 비틀거렸다. 마도사가 썼던 술법의 여운이
아직도 그의 손발을 살짝 조여댔다. 전력을 다할 수가 없
었던 루시타니아의 왕제는 적의 검세에 밀려 자세를 무너
뜨리고 땅에 한쪽 무릎을 꿇었다. 그 옆을 재빨리 지나친
이스판이 기수를 돌려 다시 공격을 가하려 했다.

이때 눈에 보이지 않는 뱀이 이스판의 말 앞다리에 감
겼다. 잘 훈련된 좋은 말이었으나 여기에는 놀라고 두
려움을 품었다. 소리 높여 울부짖으며 옆으로 쓰러지고
말았다. 이스판은 땅에 내팽개쳐졌다.

## II

이때 이미 본진 주위에는 적과 아군이 뒤섞여 두 가지 언어로 이루어진 노성과 비명이 칼 울음소리에 섞여 극심한 혼란에 빠져 있었다. 루시타니아군은 완전히 허를 찔렸으며 총수 기스카르의 곁에도 사람이 없었다. 본진에 돌입한 이스판 자신도 설마 적의 총수가 혼자일 줄은 몰랐다. 그 사실을 알았더라면 수십 기를 이끌고 난입하여 기스카르를 베어버렸을 것이다.

한편 이제까지 기스카르는 전군의 지휘관이라는 막중한 임무에만 충실했다. 스스로 검을 휘둘러 적병과 싸우는 일은 없었다. 그러나 이러한 상황에서는 한 명의 기사로서 행동하지 않을 수 없다. 다시 말해 그의 눈앞에 존재하는 두 명의 적을 모두 검으로 쓰러뜨리는 일이었다.

"게 아무도 없느냐!"

고함을 지르며 기스카르는 검을 들고 파르스 기사에게 달려들었다. 두 손으로 칼자루를 쥐고 혼신의 힘을 담아 내리쳤다. 이스판이 지상에서 몸을 굴렸다. 강렬한 참격은 파르스인의 갑주를 스치고 표면에 균열을 만들며 땅을 팠다.

기스카르가 분노와 실망의 고함을 지른 순간 벌떡 일

어난 이스판이 장검을 내질렀다. 기스카르는 몸을 틀어 피하려 했지만 이번에는 그의 비단옷이 찢겨나갔다. 여기에 재차 공격을 가하고자 이스판이 뛰어들었지만 느닷없이 비틀거리다 땅에 한쪽 무릎을 꿇고 말았다. 몸에 무언가 눈에 보이지 않는 것이 감겨 조이고 있었던 것이다. 기스카르가 즉시 발을 내디디며 반격의 검광을 번뜩였다. 이스판은 강인한 손목을 놀려 검으로 이를 받아내고 기스카르의 검을 휘감아 땅바닥에 떨어뜨렸다. 기스카르가 뛰어 물러났다. 그리고 이때 이스판의 눈이 마도사의 모습을 포착했다.

이스판은 직감처럼 진실을 깨달았다. 깨달은 것과 동시에 그는 행동에 나섰다. 손에 든 검을 고쳐 쥐더니, 그의 몸을 옭아맨 보이지 않는 뱀 따위에는 아랑곳 않고 마도사를 향해 집어 던졌다.

마도사 푸라드의 입에서 절규가 터졌다. 벼락처럼 번뜩이며 날아온 검을 회피하지 못하고 목을 꿰뚫렸던 것이다. 가느다란 칼날의 끄트머리는 푸라드의 왼쪽 목덜미에 박혀 기관과 동맥을 절단하고 오른쪽 목덜미로 튀어나왔다. 무시무시한 마도의 기술을 구사할 틈도 없었다. 벌어진 입과 콧구멍에서 검붉은 피가 왈칵 쏟아져나오고 푸라드는 가늘게 떨며 고꾸라졌다. 땅에 쓰러졌을 때는 이미 숨이 끊어진 후였다.

이스판은 겨우 몸을 조이는 고통에서 해방되었다. 거친 숨을 가다듬었을 때 기스카르가 검을 주워 드는 모습이 보였다. 이스판에게 남은 무기는 아키나케스(단검) 한 자루뿐이었으므로 대항할 도리가 없었다.

"퇴각! 퇴각!"

이스판은 횃불을 옆얼굴에 반사시키며 혼전 중인 아군에게 외쳤다. 그의 목소리를 지워버리려는 듯 고함을 지르며 2기의 루시타니아 기사가 그 자리에 뛰어들었다.

"왕제 전하, 무사하셨나이까!"

"이교도놈, 이거나 받아라!"

말 위에서 칼날을 뻗어 이스판의 머리에 휘두르려 했다. 그러나 기사들이 휘두른 장검보다도 이스판이 던진 단검이 더 빨랐다. 비스듬히 목을 꿰뚫린 루시타니아 기사 한 명이 피분수를 뿜으며 굴러떨어지고 대신 파르스인의 모습이 안장 위에 있었다. 눈 깜짝할 사이에 일어난 일이었다.

나머지 기사가 왕제를 감싸고 검을 들었을 때 이스판은 이미 말없이 기수를 돌려 본진에서 벗어나고 있었다. 그의 부하들이 뒤를 따라, 파르스군은 습격했을 때와 똑같이 그야말로 신속하게 도망쳤다. 무리한 공격을 단념한 것이었다. 이를 추격해 루시타니아군도 달려나갔다.

모두 파르스군의 계략이었다. 이스판의 임무는 적진에 돌입해서 한동안 싸운 후 도망쳐 나오는 것이었다. 흥분한 적군이 쫓아오면 진형이 무너진다. 이스판은 도망치는 속도를 교묘하게 조절해 루시타니아군을 질질 끌고 다녔다. 루시타니아군은 진지를 지키는 것도 잊고 미친 듯이 파르스군을 쫓아다녔다.

　이 작전을 고안한 자는 왕태자 아르슬란의 군사로 알려진 나르사스 경이었으며, 물론 그는 이 자리에 없다. 실행 체계를 갖춘 것은 마르즈반(만기장萬騎將) 키슈바드 경이었다.

　왕제 기스카르 공작이나 마도사 푸라드 같은 자들과 만나는 바람에 이스판은 하마터면 승리의 기회를 놓칠 뻔했다. 그러나 간신히 때를 맞출 수 있었다. 질주하는 이스판의 좌우에서 어둠이 술렁거리더니 루시타니아군의 돌진을 받아내기만 하던 파르스군이 적의 앞을 가로막았다. 수천 개의 화살이 울부짖는 소리와 말발굽 소리가 겹쳐지고 횃불에 불이 붙어 어둠의 영역을 깎아냈다. 루시타니아군은 순식간에 공세를 차단당한 채 파르스군의 역습 앞에 백 기 이상을 잃었다. 갑작스러운 혼란 속에 겨우 몽페라토 장군의 전령이 도착해 깊이 쫓지 말라는 명령을 전했다.

　전장에 우뚝 솟은 파르스 소나무 거목 가지에 올빼미

가 앉아 있었다. 인간들의 어리석은 싸움을 무시하고 느긋하게 날개를 쉬고 있었으나, 갑자기 날개를 퍼덕이며 작은 울음소리를 냈다. 곁의 굵은 가지 위에서 마도사 하나가 꿈틀거렸던 것이다.

"푸라드, 이 미숙한 놈!"

분노와 실망을 혀끝에 실어 마도사는 거칠게 내뱉었다. 젊은 얼굴, 달빛에 드러난 설화석고처럼 창백한 얼굴은 구르간이라는 사내였다. 그는 존사라 불리는 지도자의 명을 받아 푸라드와 함께 루시타니아의 왕제 기스카르를 납치하고자 왕도 지하에서 이곳까지 왔던 것이었다. 그런데 공을 탐낸 푸라드의 독단에 실패하고 말았다.

"존사님을 뵐 낯이 없구나. 그러나 이 사태를 감출 수도 없지. 질타를 받은 후 새로운 지시를 받아 죄를 씻어야만 한다."

눈 아래에 전개되는 참담한 유혈의 광경을 무감정하게 바라보던 구르간은 암회색 옷자락을 펄럭였다. 다음 순간 그의 모습은 어둠의 일부로 동화되고 녹아들어 올빼미의 눈을 놀라게 했다.

이 해 8월 5일 심야에서 6일 새벽에 걸쳐 파르스군과 루시타니아군 사이에 벌어진 전투는 격렬하기는 했지만 오래는 가지는 않았다. 기스카르와 몽페라토는 고생하면서도 치명적인 피해를 간신히 회피할 수 있었던 것이다. 본진까지 적의 습격을 허용했던 것은 불명예스럽기 그지없는 일이었으나 모양만 보자면 어쨌든 격퇴했다.

6일 아침이 완전히 밝았을 때 이미 대지에는 4천을 헤아리는 전사자의 무리가 쓰러져 시시각각 죽음의 냄새를 짙게 뿌리고 있었다. 유기된 사망자의 수는 파르스군이 600, 그 이외에는 루시타니아군에 속한 자들이었다. 이 야습의 주도권은 시종 파르스군에게 있었다는 사실은 누가 보더라도 명백했다. 정식 회전을 앞에 두고 파르스군은 조짐이 좋다며 크게 용기를 냈고 루시타니아군은 불안과 불쾌함을 금할 수 없었다.

총수인 왕제 기스카르는 아침 식사 자리에 몽페라토 장군을 동석시켜 파르스 나비드로 빵을 목에 흘려 넣으며 말했다.

"병사들에게는 사전死戰을 시킬 수밖에 없네. 목숨을 버릴 각오로 싸우게 해야 하네."

"물론 병사들은 당연히 목숨 걸고 싸울 것이옵니다. 루시타니아와 이알다바오트 신을 위해 이제 와서 누구 하나 목숨을 아쉬워할 자는 없을 것이옵니다."

몽페라토 장군의 말에 기스카르는 고개를 끄덕였지만 그것은 형식일 뿐이었다. 이제 기스카르는 병사들의 사기를 전혀 신용하지 않았다. 어젯밤 전투는 시작했던 파르스군에게는 단순한 전초전일 뿐이었지만 루시타니아군에게는 큰 상처를 남겼다. 가장 중요한 부분에, 전군의 총수인 기스카르 공작의 심리에 말이다.

"독전대(督戰隊, 감시부대)를 편성하겠네."

기스카르는 선고했다. 당황한 듯 몽페라토는 왕제의 얼굴을 돌아보았다. 기스카르의 얼굴에는 피로인지 조바심인지 알 수 없는 불쾌한 표정이 있었다. 망설이면서도 몽페라토가 물었다.

"독전대라 하시면, 어떤……."

"만일 병사들이 겁을 먹고 도망치는 일이 생기면 독전대에게 명령하여 베도록 하겠네. 아군에게 죽기 싫다면 병사들은 죽을 각오로 적과 싸울 수밖에 없을 터."

"와, 왕제 전하……!"

몽페라토는 말문이 막혔다. 기스카르가 단행하려는 정책은 공포로 전군을 통제하겠다는 이야기였다. 엄한 군율로 학살과 약탈을 금한다는 것과는 사정이 달랐다. 기스카르는 병사들의 용기와 충성심을 믿을 수 없게 되었다. 몽페라토의 창백한 얼굴을 바라보며 기스카르는 웃음의 모양으로 입술을 일그러뜨렸다.

"그대의 의견은 듣지 않아도 잘 아네. 미리 말해두겠네만 내게 필요한 것은 자네의 의견이 아니라 자네의 복종이야. 알았나, 몽페라토?"

"전하……."

"즉시 독전대를 편성하게. 인원은 5천이면 족하겠지. 지휘관은 내가 염두에 둔 자가 있으니 자네는 숫자만 맞춰주게."

"분부 받들겠나이다."

눈앞이 캄캄해지는 기분이었지만 몽페라토는 고개를 숙여 왕제의 명령을 받들었다. 그리고 가슴속으로 탄식하지 않을 수 없었다.

'……이럴 수가. 우리 군은 전설에 등장하는 바닷속의 대왕문어와 같지 않은가. 살아남기 위해 스스로 자기 다리를 먹는다고 하는…….'

III

밤의 열기가 아침 햇살과 패업을 다투어 하늘의 절반에 피를 흘린 것처럼 보였다. 그만큼 불길한 인상을 가져다주는 아침놀이 파르스군의 등 뒤에 선혈색 막을 펼쳤다.

파르스군 10만은 잘 통솔되고 있었다. 타히르(쌍검장군)라는 존경 어린 별명으로 불리는 마르즈반 키슈바드의 역량도 역량이지만 샤오 안드라고라스의 타인을 압도하는 박력도 그 이유 중 하나였다. 그는 아들인 왕태자 아르슬란을 추방하고 그의 군대를 차지했으나 면전에서 이 행위를 비난할 수 있는 자는 없었다. '카이 호스로 무훈시초'에도 나오듯 '지상에 샤오는 오직 하나'인 것이다.

말을 타고 진두에 서서 안드라고라스는 적진을 멀리 내다보고 있었다. 말 반 마리 정도 떨어진 곳에 타히르 키슈바드가 있었다. 샤오는 갑주 소리를 울리며 키슈바드를 돌아보았다.

"나르사스 같은 놈들은 이런 생각을 하고 있으렷다. 짐과 루시타니아군이 부딪쳐 공멸한다면 둘 다 재기하지 못하리라고, 그렇게 되면 좋겠다고 말이지. 허나, 후후후, 세상일이란 그렇게 애송이의 생각대로만 돌아가지는 않는 법이다."

안드라고라스의 냉소는 대상을 베어버린다기보다는 두들겨 부수는 듯했다. 키슈바드는 슬쩍 몸을 떨었다.

"나르사스 경은 어디까지나 왕태자 전하께 충성을 다하고 있사옵니다. 왕태자 전하에 대한 충성은 곧 샤오에 대한 충성이 아니겠나이까."

"충성이라."

안드라고라스는 입속으로 메마른 웃음소리를 냈다. 키슈바드의 귀에는 그것이 매우 불길하게 들렸다.

"아트로파테네 회전에서 짐을 배신한 칼란 놈도 자신

을 비할 데 없는 충신이라 믿어 의심치 않았다지."

"폐하……."

"후후, 누구에 대한 충신일지. 짐이 보기에는 충신이란 것들이 몰려들어 파르스를 짓이기려 드는 것 같구나. 우스운 일이지."

키슈바드는 대답할 수가 없어 시선을 샤오의 옆얼굴에서 적진 방향으로 돌렸다.

이때 파르스군에는 또 한 사람의 마르즈반이 있었다. '허풍선이' 라는 별명을 가진 애꾸눈 장한이었으며 본명은 쿠바드라 한다. 그는 1만 기병을 중심으로 파르스군의 우익부대 전체를 지휘했다. 파르스군은 아침놀을 등지고 서쪽을 바라보았으니 우익을 점한 쿠바드 부대는 전장 전체에서 북동쪽에 있는 셈이었다. 반 파르상(약 2.5킬로미터) 거리를 두고 막막한 평원 서쪽에는 루시타니아군의 좌익이 포진하고 있었다. 아침놀의 색채를 받아 루시타니아군의 갑주며 방패는 이미 피를 머금은 것 같은 색으로 빛났다. 이를 멀리 내다보던 쿠바드의 외눈에 공포나 불안은 없었다.

"어디. 시작의 끝이 될지, 끝의 시작이 될지."

애꾸눈 장한은 매 순간마다 뜨거워지는 아침 바람을 향해 큰소리를 쳤다.

"이알다바오트 교의 신은 하나. 반면 파르스에는 수많

은 신들이 계시지. 머릿수만 보면 우리 군의 승리인데 말이야."

곁에 있던 천기장 바르하이가 무언가 말하고 싶은 표정을 지었다. 신에 대한 지극히 불경한 소리처럼 여겨졌기 때문이다. 바르하이의 표정 변화를 알아차리고 쿠바드가 한바탕 웃었다.

"걱정 마라, 바르하이. 여긴 아트로파테네가 아니니. 우리의 샤오도 그때 같은 짓은 하지 않으실 게다."

활달하고 커다란 웃음이었다. 그러나 말의 알맹이는 신랄하기 그지없었다. 쿠바드는 아트로파테네 전투 중반에 사투하는 장병들을 내팽개치고 전장을 이탈한 샤오의 행위를 빈정거린 것이다. 사투 도중에 '샤오 도망!' 소식을 들은 쿠바드는 주군을 버렸다.

생각해보면 이 자리에서 아트로파테네 회전을 경험한 파르스인은 안드라고라스와 쿠바드밖에 없었다. 무적을 자랑하던 파르스 기병대가 처참하게 궤멸하는 모습을 쿠바드는 똑똑히 보았다. 이번에도 무슨 일이 일어날지 알 수 없다. 그러면서도 이 사내는 자신이 죽을지도 모른다고는 생각하지 않았다.

뿔피리 소리가 울려 퍼졌다. 샤오의 본진에서 솟아난 뿔피리 소리는 파도치며 전체로 퍼져가고, 파급과 함께 규칙적인 기마의 발소리로 바뀌었다.

파르스군의 전진에 호응하듯 루시타니아군도 전진을 개시했다. 피를 녹여낸 것 같은 아침놀을 향해 사람과 말이 다가간다.

"아트로파테네 때와는 날씨가 완전히 다르군요."

몽페라토 장군의 말에 기스카르는 무뚝뚝하게 고개를 끄덕였다. 그도 역시 아트로파테네 회전을 떠올리지 않을 수 없었다. 그리고 지금, '사하루드 평원 회전'은 양군 중 어느 쪽에게 길보를 가져다줄까.

이 전투에 참가한 병력은 파르스군이 약 10만, 루시타니아군이 약 21만이었다. 엑바타나를 떠났을 때 루시타니아군의 총병력은 25만이었으나 7월 말에 보두앵 장군을 포함한 2만 5천을 잃고 도망자며 탈락자가 속출해 병력은 당초보다 감소했다.

그래도 여전히 루시타니아군은 파르스군의 두 배를 헤아렸으며 정면으로 싸우면 질 리가 없을 것 같았다. 그러나 총수 기스카르 자신도 승리의 확신이 부족했다. 그렇기에 독전대 같은 '어두운 지혜'를 발휘할 수밖에 없었던 것이다.

독전대의 지휘관에 임명된 인물은 엘 만고라는 기사였다. 어젯밤 기스카르가 본진에서 파르스인에게 습격당했을 때 구하러 달려왔던 두 기사 중 하나였다. 그의 동료는 파르스인에게 베여 목숨을 잃었으나 살아남은 그는 왕제 전하에게 칭찬을 받고 생각지도 못한 영예를 맡았다.

"그대에게 맡기겠노라."

왕제의 그 한마디에 엘 만고는 감격하고 충실하게 명령에 따르기로 마음먹었다. 그것은 도망치려는 아군을 죽이라는 끔찍한 임무가 되겠지만 엘 만고는 아직 이 사실을 알지 못했다.

양군의 거리는 화살이 닿을 만한 숫자가 되었다. 우선 사격전이 시작되었다.

수억의 메뚜기가 일제히 날아오르는 것 같았다. 양군의 화살은 바람이 되어 하늘 아래를 내달렸으며 비가 되어 지상에 쏟아졌다. 죽음과 고통을 가져다주는 은색 비였다. 양군 모두 방패를 들어 화살을 막아냈으나 방패와 방패 사이의 틈에 화살이 떨어지면 그곳에서 비명이며 신음이 솟아났다.

화살비가 연신 쏟아지는 가운데 양군의 거리는 더욱 줄어들었다. 그리고 화살에 묻혀 있던 하늘이 활짝 개자 양군의 전사들은 방패를 내리고 전방을 노려보았다. 서로의 얼굴이 또렷이 보일 만큼 거리가 가까워졌다.

파르스군의 진두에서 안드라고라스가 오른손을 높이 들고 휘둘렀다. 루시타니아군의 진중에서 기스카르가 같은 동작을 취했다. 이 순간 '사하루드 회전'은 백병

전 단계로 돌입했다.


　파르스군 10만 중에서 가장 신속한 움직임으로 적에게 달려들었던 것은 쿠바드가 이끄는 우익부대였다. 쿠바드는 뽑아 든 대검 끝으로 아침 하늘을 가리키고 전군의 선두에 섰으며, 장창 끝을 가지런히 모은 부하들이 그의 뒤를 따랐다. 4만 개의 말발굽이 지축을 뒤흔들며 적진으로 쇄도했다.

　쿠바드는 샤오를 위해 싸울 뜻은 별로 없었지만 파르스의 대지에서 루시타니아인을 몰아내는 것은 바라던 바였다. 준마를 몰아, 대검을 들고 전장을 질주하는 것은 더더욱 좋다. 애꾸눈 장한은 아무렇게나 말을 적진 한복판으로 몰았다. 살육이 시작되었다.

　쿠바드는 두꺼운 대검을 내리쳤다. 강렬한 손맛이 전해지며 루시타니아 기사의 투구가 갈라지고 안구가 희생자의 얼굴에서 튀어나왔다. 죽은 이가 지상에 떨어지기도 전에 쿠바드의 대검은 반대 방향으로 빛의 궤적을 그리며 창을 든 손목을 하늘 높이 날려버렸다. 무겁고 날카로운 참격이 열기를 가를 때마다 사방으로 흩어지는 피에 대기는 더더욱 뜨거워졌다. 낙마한 기사는 적과 아군의 말발굽에 짓밟혀 순식간에 피투성이 고깃덩

어리로 변해버렸다. 쿠바드의 장신은 피안개에 휩싸였고 그의 대검이 한 번 번뜩일 때마다 적의 군마는 안장 위를 비웠다.

애꾸눈 장한은 루시타니아인의 몸을 썰어내는 것뿐만이 아니라 용기와 적개심마저도 갈라버렸다. 이알다바오트 신의 신도들은 공포와 패배감에 휩싸여 갈팡질팡했다. 신의 가호도 이 애꾸눈 사교도에게는 통하지 않는 것만 같았다. 쿠바드와 그의 부하들은 루시타니아군을 밀어붙이고 물리쳐, 루시타니아군의 전선은 좌익부터 무너지는 것처럼 보였다.

하지만 기스카르는 아직 침착함을 유지했다. 독전대에게 출동을 명령할 시기가 오지 않았음을 왕제는 올바르게 판단했다. 무너져가는 좌익을 지탱하기 위해 기스카르는 원군을 보내기로 했던 것이다. 이러할 때 비로소 루시타니아군의 병력이 의미를 가진다.

새로이 기병 3천과 보병 7천이 루시타니아군의 좌익에 투입되었다. 지휘관은 판 카리에로 남작이라는 인물이었으며 몽페라토 장군의 심복이기도 했다.

IV

적의 진용이 더욱 두꺼워지고 있다. 쿠바드는 대검에

묻은 피를 털어내고 하나뿐인 눈에 대담한 시선을 담아 적의 진영에 쏘아보냈다. 아직 그는 죽을 마음은 없었으며 부하들을 길동무로 삼을 마음 또한 없었다. 그는 천기장 바르하이를 불러 후퇴를 명령했다. 곧 십여 개의 뿔피리가 똑같은 하나의 곡을 연주하기 시작했다.

파르스군의 우익부대는 전진에서 후퇴로 태세를 전환했다. 중간에 머뭇거리는 일은 없었다. 나아갈 때도 신속했지만 물러날 때도 신속했다. 전장의 일부에 피비린내 나는 공백이 생겨났다. 파르스군이 물러나고 루시타니아군이 급속히 전진했다. 바로 그때였다. 이스판이 이끄는 부대가 재빨리 전진하여 루시타니아군의 측면으로 짓쳐든 것은.

"야샤스인(전군 돌격)!"

이라고 외치면서 이스판은 머리 위의 검을 회전시켰다. 잘 갈고 닦은 칼날은 젊은 용장의 머리 위에서 은색 수레바퀴를 방불케 하는 기세로 번뜩였다. 그가 이끄는 기병만으로 구성된 4천 기가 놀라운 속도와 기세로 루시타니아군을 물어뜯었다.

가장 먼저 맞닥뜨린 적을 이스판은 칼을 나누지도 않고 안장에서 거꾸러뜨렸다. 엇갈리면서 한순간에 턱 아래를 깊이 베인 루시타니아 기사가 허공을 가르며 땅에 떨어진 것이다. 갑주와 땅이 충돌하는 소리는 말발굽

소리에 파묻혀 그의 귀에는 들리지 않았다.

양군은 격돌하고, 서로 맞물리며 죽음을 나누었다. 검이 목을 절단하고 창이 몸을 꿰뚫고 전투도끼가 머리를 부수어, 전사들의 콧속에 밀려든 피 냄새가 그들을 질식시킬 것만 같았다. 이스판은 두 번째 적의 목을 꿰뚫고 뽑아 든 검을 수평으로 놀려 세 번째 적의 어깨를 베었다.

파르스군의 연계는 교묘하기 그지없어 루시타니아군의 좌익부대를 위기에 몰아넣었다. 쿠바드의 후퇴에 이끌리는 형태로 루시타니아군은 앞으로 튀어나오고 말았으며, 길게 늘어난 대열의 오른쪽 측면에 이스판의 강렬한 측면 공격을 받아버렸던 것이다.

루시타니아군은 갈라졌다. 부드럽게 삶은 양고기가 두꺼운 칼날에 양단되듯 앞뒤로 찢어져버렸다. 이를 멀리 바라보던 몽페라토 장군이 기스카르의 곁에서 자신도 모르게 절망에 찬 신음 소리를 냈다.

게다가 이때 5천 기 정도의 병력이 전장 외곽에서 출현하여 판 카리에로 남작의 부대를 좌후방에서 무너뜨리기 시작했다.

이것은 투스의 부대였다. 원래 과묵한 이 철쇄술의 고수는 왕태자 아르슬란이 추방된 후로 더욱 과묵해져, 안드라고라스 앞에서 예의를 저버리는 일은 없었지만 분명 보이지 않는 벽을 두고 주군을 대하게 되었다. 그럼에도 여전히 투스는 용감한, 신뢰할 만한 사나이였으며 항상 자신에게 주어진 책무를 다했다.

이스판 때문에 악전고투할 수밖에 없던 루시타니아군은 뒤에서 연이어 덮쳐온 치열한 공격에 당황했다. 파르스인은 누가 뭐라 해도 기마민족이고 투란인을 제외하면 대륙공로에 비할 데 없는 기동력을 가졌다. 그리고 개인전투라면 모를까, 집단전술이라면 파르스군은 투란군을 능가했다.

루시타니아군의 전열은 눈을 깜빡일 때마다 깎여나갔다. 그들의 전열 좌우에서 피와 불꽃과 칼 소리가 무자비한 벽을 만들어 루시타니아군은 이를 돌파할 수가 없었다.

루시타니아의 군마가 비통한 울음소리를 내며 쓰러지고 안장에서 기수의 시체가 땅으로 떨어졌다. 모래와 피가 튀어오르고 노란색과 붉은색 줄무늬가 전사들의 시야에 펼쳐졌다. 검신이 격돌하고 창날이 얽히고 피가 대지에 빨려 들어갔다.

루시타니아군의 곤경은 좌익부대에만 국한된 것이 아니었다. 우익부대는 이미 키슈바드가 지휘하는 파르스군과 격돌해 큰 피해를 입었다.

루시타니아군 우익부대는 호되게 얻어맞고 잘려나가

궤란 직전이었다. 키슈바드의 지휘는 교묘하기 그지없어 적을 분단하고 고립시켜서는 박살을 내, 루시타니아군은 더는 수적 우위를 자랑할 수가 없었다. 게다가 키슈바드는 1만 기의 부하를 완전히 통제하면서 자신도 두 자루의 검을 휘둘러 루시타니아 병사들을 잇달아 이 세상에서 쫓아내고 있었다. 그 변화무쌍한 검술은 루시타니아 병사들이 저항할 수 있는 것이 아니었다.

그 용맹한 모습을 지켜보던 루시타니아 기사 중 하나가 말을 몰아 왕제 기스카르에게 진언했다. 키슈바드를 가리키며, 두 자루의 검을 마술처럼 휘두르는 기사가 바로 보두앵 장군을 벤 가증스러운 적장이라고. 그 말을 들은 기스카르는 사나운 노기와 증오를 담아 키슈바드의 모습을 노려보았다.

"좋아, 보두앵의 원수를 갚아주마. 증원 2만을 우익으로 보내라. 지휘관은 프레지앙 백작이다."

어쨌든 루시타니아군은 병력 면에서는 유리하다. 아낌없이 전장에 투입하여 파르스군을 피로하게 만들면 전황 전체의 승산도 얻을 수 있을 것이다. 기스카르의 곁에 있던 몽페라토는 이제 각오를 다지기로 했다. 독전대 같은 기분 나쁜 수단을 쓰지 않고 이기고 싶었다.

왕제의 명령을 받은 프레지앙 백작은 기세등등하게 병사를 움직이기 시작했다. 그는 매사를 그리 깊이 생각하는 성격은 아니었기에, 이를테면 기스카르의 상담역 같은 보직을 맡을 수는 없었다. 그러나 용감하여 전투에 박력이 있었으므로 이러한 상황에는 도움이 되는 무장이었다.

"진군, 진군! 이교도 놈들에게 루시타니아인이 얼마나 강한지를 보여주자!"

프레지앙 백작은 병사들의 귀가 먹먹해질 만큼 큰 소리로 고함을 지르더니 흙먼지를 일으키며 전장으로 뛰어들었다. 용병도 전법도 없는, 탁류가 저지대로 밀려드는 것 같은 기세의 돌진이었다.

"진군, 진군!"

난전의 소용돌이 속에서 프레지앙 백작은 계속 고함을 질렀다. 그는 일개 기사치고는 제법 용맹한 자로, 왼손에 방패를 들고 오른손의 메이스를 휘두르며 신에게 등을 돌린 이교도들 몇 명을 후려쳐 말 위에서 거꾸러뜨렸다. 이교도의 머리가 부서지고 피가 솟아 그의 얼굴에 튀자 고함은 더더욱 커지고 기세를 더했다.

"진군, 진군! 진군, 진군!"

파르스 병사들은 루시타니아어를 알아듣지 못했지만 거구에 갑주를 걸치고 맹렬히 나아가는 루시타니아인의 노성은 매우 불길하게 들려왔을 것이다.

"저자는 진군 진군 말고는 루시타니아어를 모르는 건

가, 몽페라토?"

"아무래도 그러한 모양이옵니다. 하오나 이러한 경우에는 듬직한 자이지요."

전투가 시작된 후로 계속 음울한 표정이었던 기스카르 공작과 몽페라토가 마침내 쓴웃음을 나누었다. 그만큼 프레지앙 백작의 맹전은 눈부셨다. 파르스군도 이에 두려움을 느껴 창을 거두고 기수를 돌리며 후퇴하기 시작했다.

키슈바드는 이처럼 막무가내로 싸우는 적을 상대로 굳이 피해를 늘리고 싶지 않았다. 어차피 적은 분명 머잖아 숨을 헐떡거릴 것이다.

"침착하게 물러나라! 대열을 흐트러뜨리지 마라."

그렇게 명령하고 스스로 후미에서 적을 맞아 싸우면서 후퇴했다. 문득 그의 눈에 기묘한 것이 보였다. 적진의 배후에서, 열기가 맴도는 여름 하늘을 배경으로 검은색과 회색 연기가 힘차게 피어나는 것이다. 루시타니아군도 그 사실을 알아차리고 놀랐다.

"누, 누가 병량에 불을 질렀느냐?!"

몽페라토는 당황했다. 기스카르는 낭패한 모습은 보이지 않았으나 두 눈에는 노기와 실망이 번뜩였다. 그는 안장 위에서 몸을 틀어 솟아나는 검은 연기를 노려보았다.

"당장 불을 꺼라!"

기스카르는 겨우 소리를 질렀다. 몽페라토의 지시로 3천 명의 병사가 소화에 착수했으나 공기는 건조하고 근처에는 물이 없었다. 흙과 모래를 끼얹어 열심히 꺼봤지만 거의 무력하여 방대한 병량은 순식간에 불에 타 거의 재로 변하고 말았다.

파르스군의 마르즈반 키슈바드는 적진의 배후에 피어나는 연기를 보기는 했지만 창졸간에 어떻게 판단해야 좋을지 알 수 없었다. 그러다 기쁨의 울음소리를 내며 날아 내려온 샤힌(매)의 모습을 확인했을 때는 무슨 일에도 흔들림이 없던 강직한 키슈바드가 자신도 모르게 소리를 질렀다.

"아즈라일……! 네가 어떻게 이런 곳에."

경악은 한순간에 그쳤을 뿐이었다. 아즈라일은 키슈바드의 대리로 왕태자 아르슬란의 곁에 갔다. 그렇다면 왕태자 아르슬란과 그의 군대가 이 근처에 있다는 뜻이다.

"무사히 돌아오셨구나, 왕태자 전하께서……."

멋들어진 수염 속에서 키슈바드는 입가에 웃음을 지었다.

"그렇다면 나도 슬슬 반격에 나서볼까."

키슈바드는 루시타니아군의 후방에 불을 지른 것이 아르슬란의 부대임을 깨닫자, 즉시 병사들에게 지시를 내려 빠르게 역습으로 전환했다. 기세만으로 저돌하던 프레지앙 백작의 부대는 교묘한 키슈바드의 용병에 희롱당해 분단되어 박살이 나고 말았다. 프레지앙 백작은 메이스를 휘둘러 포위망을 돌파하고, 마침내 항전을 단념한 채 한 언덕으로 말을 몰았다. 그 뒤를 키슈바드가 쫓았다.

그때 폭풍과도 같은 기세로 능선을 넘어온 기마의 그림자가 있었다.

갑주도 검은색 일색, 준마도 검은색, 열풍에 나부끼는 망토의 안감만이 아침놀 색을 비춘 것처럼 심홍색이었다. 프레지앙 백작은 신음했다. 피에 물든 메이스를 들어 새로운 적을 향해 돌진했다.

그러나 1합도 버티지 못하고 프레지앙 백작은 장창에 쇄골 위쪽을 꿰뚫려 안장에서 공중제비를 넘었다. 기수를 잃은 말은 한바탕 울부짖고는 도망병들과 함께 전투에서 멀어져갔다.

"키슈바드 경, 미안하네. 그대의 사냥감을 가로채고 말았군."

그렇게 인사하는 상대의 정체를 키슈바드는 물론 잘 안다. 파르스 왕국 최연소 마르즈반, '마르단후 마르단(전사 중의 전사)'이라는 별명을 가진 다륜이었다. 그의 뒤를 따라 다시 키슈바드가 아는 인물이 말을 타고 나타났다.

"오오, 나르사스 경도 함께 있었나."

"오랜만일세, 키슈바드 경."

왕태자의 군사로 잘 알려진 청년 귀족은 형식을 갖춰 인사했다.

『5만 병력을 모을 때까지 샤오의 곁으로 돌아오는 것을 금한다.』

그것이 안드라고라스의 선언이었으며, 왕태자는 사실상 병권을 빼앗기고 추방당한 셈이었다. 다륜, 나르사스를 비롯한 몇 기만이 샤오의 명령에 등을 돌리고 왕태자를 따랐다. 왕태자 일행은 남방의 도시 길란으로 향해 그곳에서 병사를 모으고 있었을 텐데.

"그래서 말인데 키슈바드 경, 우리가 모은 병력은 3만이 못 되네. 아직도 5만에 미치지 못하는 까닭에 안드라고라스 폐하의 곁으로 돌아갈 수는 없네."

나르사스는 그렇게 말했지만 조금도 유감스러워하는 기색은 없었다. 친구 다륜과 시선을 나누며 슬쩍 웃었다.

"우리는 폐하께 돌아갈 마음이 없네. 왕태자 전하의 곁에서 독자적으로 행동할 뿐. 좋아서 이러는 것이 아니라 폐하의 칙명을 따르다 보니 그리할 수밖에 없네."

분명 그 말이 옳다. 키슈바드는 나르사스의 논법을 인정할 수밖에 없었다. 샤오에게서 새로운 명령이 떨어지지 않는 한, 돌아온다면 칙명을 저버리는 행위가 된다. 독자적인 행동을 취할 수밖에 없는 것이다. 다룬도 한바탕 웃었다.

"키슈바드 경, 자네와 이렇게 다시 볼 수 있었던 것도 왕태자 전하의 뜻에 따랐기 때문일세. 아즈라일의 주인에게 인사도 없어서야 미안하다고 하셨지."

그래서 다룬과 나르사스가 '인사차 들른' 것이다. 아르슬란 자신이 오지 못한 이유는 키슈바드의 처지를 고려해서였다.

"안드라고라스 폐하는 루시타니아군과 정면으로 싸워 무용을 천하에 과시하시면 그만일세. 우리는 왕도 엑바타나를 접수하지. 부탁컨대 서운하게 생각하지 말게나."

나르사스의 귀공자다운 얼굴에 다시 미소가 번졌다. 장난스럽다고 표현하기에는 날카로운 기운을 머금은 미소였다.

V

남부 해안을 주름잡던 해적들을 평정하고 왕태자 아르슬란은 항구도시 길란에 지배권을 확립했다. 길란의 풍요로운 부가 아르슬란에게 흘러 들어왔다. 그가 모은 병력은 3만이 되지 못했으나 군자금과 병량은 방대했다. 안드라고라스도, 루시타니아군도 그 점에서는 아르슬란에게 훨씬 미치지 못했다.

이러한 군자금과 병량을 관리하고 경비하던 자는 길란 출신인 구라즈였다. 그는 옥서스 강의 수로를 이용해 20만 명의 군대를 반년 동안 지탱할 만한 물자를 최상류 지역까지 실어 날라 쌓아두었다. 그러고는 북쪽으로 향해 신속하게 가도를 정비하고, 요소마다 백 명 단위의 병사를 배치하여 경비를 단단히 했다. 구라즈 자신은 3천 병력을 이끌고 옥서스 강 최상류 지역에 진지를 구축하고, 보다 북상할 아르슬란의 군대에는 육로를 이용해 보급이 끊어지지 않도록 했다. 나아가 병사와 군자금과 병량을 추가로 보충해야 할 때는 수로를 이용해 길란과의 연락책이 될 수 있었다. 또한 수중에 3천 병력이 있으니 당장은 도적의 습격도 두려워할 필요가 없다.

구라즈는 용감하고 통솔력이 뛰어난 무인이었다. 그뿐만이 아니라 상인으로서의 능력도 겸비해 군대에 자금과 병량이 얼마나 소중한지, 이를 마련하고 또한 전장까지 운반하는 것이 얼마나 중요한지 잘 알았다. 구라즈는 군사 나르사스에게 그야말로 고마운 존재였다.

소년 시절 나르사스는 왕립학원에서 군사학 수업을 받

으면서 '적과 싸울 때 가장 필요한 것 두 가지를 기술하라'는 교사의 말에 '자금과 병량'이라는 답안을 제출했다. 그러나 교사의 정답은 '지혜와 용기'였다. 답안에 낙제점을 받은 나르사스는 낙담하기는커녕 의기양양하게 큰소리를 쳤다.

"세상에 어리석은 자들이 많다는 것을 잘 알겠군. 이래서야 내가 계속 이기기만 하는 것도 당연하지. 지혜와 용기 따위 얼마든지 솟아나지만 자금과 병량은 그렇지 않은 법이거든."

나르사스에게는 이처럼 냉철한 현실감각과 굴람 제도 폐지를 생각할 만한 이상 양쪽이 동거하고 있었다. 그중에서도 샤오인 안드라고라스 3세에 대한 태도는 현실감각 쪽의 매우 지엄한 부분이 발현되었다 할 수 있으리라.

'폐하께는 어차피 성심을 다해도 보답받지 못하거든. 그렇다면 성심은 적당히 보이고 내가 하고 싶은 대로 하는 편이 훨씬 낫지 않겠어?'

그것이 나르사스의 생각이었다. 그의 표현을 빌자면 충성심도 자비도 일방적이어서는 안 된다. 충성심이 통하지 않는 상대에게 충성을 다해봤자 무익한 일이다. 물론 그렇게까지 노골적인 말로 아르슬란을 부추기지는 않았지만, 왕태자가 부왕에게서 떨어져 자립하기 위한 준비는 착착 갖춰나가고 있었다.

아르슬란은 아직 열다섯 살이 되지 못했다. 그저 소년일 뿐이다. 그러나 그에게는 왕태자로서 중대한 책임이 있다. 파르스의 현재와 미래에 대한 책임이다. 그는 군사 나르사스와 몇 번이고 의논을 되풀이해 태도를 결정해나갔다.

어차피 엑바타나는 루시타니아인들의 지배에서 파르스인의 손으로 해방시켜야만 한다. 아르슬란은 결단했다. 부왕보다 먼저 엑바타나를 적의 손아귀에서 되찾자고. 무언가를 이루려고 한 이상, 만인에게 칭송을 받고 기쁨을 주는 정도로는 끝날 수 없다. 이미 '굴람 제도 폐지령'을 반포해 파르스의 낡은 사회체제를 부정하지 않았는가. 그리고 부왕 안드라고라스는 파르스의 구세력을 대표하는 인물이었다.

아르슬란이 개혁의 이상을 관철하려는 한, 그리고 안드라고라스가 이를 가로막으려 하는 한 부자는 언젠가 대립해야 한다. 이때 안드라고라스가 무력대항을 단념할 수밖에 없는 실력을 아르슬란이 갖추고 있다면 쓸데없는 피를 흘리지 않아도 된다. 그러려면 실적을 쌓고 병력을 모으고 재력을 축적해야만 한다. 개혁을 이루려면 개혁에 반대하는 자를 억누를 힘이 필요하다. 이는 이상과 현실의 상충이었으며, 지상에 '보다 나은' 나라를 만들기 위한, 피해 갈 수 없는 모순이었다.

한편, 키슈바드와 헤어져 전장 외곽으로 말을 몰며 다륜과 나르사스는 전투의 양상을 바라보았다.

"묘하군. 루시타니아군의 움직임에 이해할 수 없는 부분이 있네."

다륜이 고개를 갸웃했다. 그는 원래 마르단(전사)인 만큼 눈앞에 전개된 광경에 의문을 느꼈던 것이다.

"병력은 압도적으로 많으니 좀 더 적극적으로 싸울 수 있을 텐데……."

"자네라면 어떻게 하겠나, 다륜?"

"이봐, 군사 앞에서 병법을 논하란 말인가? 기이브 앞에서 연애를 논하는 것만큼이나 당치 않은 짓인 것 같네만."

쓴웃음을 지었으나 거듭되는 질문에 다륜은 대답했다.

"내가 루시타니아군의 총수라면 일부러 병력을 둘로 나누었을 걸세. 그럴 만한 병력 차이가 있기 때문이지. 가장 신뢰하는 숙장宿將에게 별동대를 지휘케 해, 전장 바깥쪽을 우회하여 적진의 배후로 나오게 하는 걸세."

별동대가 적군의 배후에서 공격을 가하는 것과 동시에 본대 또한 적에게 전면공세로 나서 앞뒤에서 협공한다. 그때까지 본대는 진지를 단단히 다지고 오로지 패배하지 않도록 시간을 끌면 그만인 것이다. 그것이 다륜의 의견이었다. 나르사스는 고개를 끄덕이며 찬성하는 뜻을 보였다.

"분명 그 이외의 전법은 생각할 수 없네. 적보다 두 배의 병력을 가졌다면 그렇게 할 수 있을 테지."

나르사스도 벗과 같은 의문을 느꼈던 것이었다.

그런데도 루시타니아군은 왜 그리하지 않는가. 아니, 그뿐이랴. 병력을 1, 2만씩 좀스럽게 내보내는 것처럼 보였다. 그렇게 투입된 병력은 잇달아 각개격파당할 뿐이니 가장 어리석은 용병이라 하지 않을 수 없다. 나르사스는 루시타니아군의 총수 기스카르 공작이 무능한이라 보지 않았다. 아마도 무언가 꿍꿍이가 있을 것이다.

다륜과 나르사스를 기다리는 동안 아르슬란도 언덕 위에서 양군의 전투를 지켜보았으나 이따금 고개를 갸웃하지 않을 수 없었다. 도저히 수긍이 가지 않는 전투였던 것이다.

"기스카르 공작은 루시타니아에서 가장 지혜가 있는 자라 들었는데, 궁지에 몰리니 수단을 가리지 못하게 된 것일까?"

아르슬란이 중얼거리자 자칭 '유랑악사' 기이브가 싱긋 웃었다.

"그렇다면 우리가 없어도 어떻게든 파르스군이 이기겠군요."

"어찌 됐든 이 이상 이곳에 머물러봤자 무용할 것이옵니다. 그만 물러나심이 어떨는지요, 전하."

카히나(여신관) 파랑기스가 그렇게 권했다. 아르슬란은 고개를 끄덕였다. 그가 품은 의문에는 조간만 나르사스가 해답을 줄 것이다.

그 나르사스 또한 다륜과 함께 돌아왔다. '왕태자 전하의 무운을 빈다'는 키슈바드의 전언을 가지고.

"그러면, 왕도로!"

외치며 아르슬란은 왼손을 들었다. 까만 매의 그림자가 허공에서 내려와 그 팔에 머물렀다.

이때 아르슬란을 따르는 자들은 다륜, 나르사스, 기이브, 파랑기스, 자스완트, 엘람, 알프리드, 그리고 메르레인이었다. 물론 조트족 젊은이는 자신이 처한 상황에 수긍하기 힘든 기분인 것 같았다. 그는 여동생인 알프리드를 끌고 조트족 마을로 돌아갈 생각이었는데, 동생은 왕태자의 군사에게 달라붙어 떨어지려 하질 않고 오히려 깐깐한 오빠에게 이렇게 제안한 것이다.

"어쨌거나 왕도에서 침략자를 몰아내고 그다음에 생각하자, 오빠. 조트족은 왕태자 전하랑 친하게 지낼 수 있을 것 같고 말이야."

알프리드는 오빠에게 길란에서 왕태자 일행과 힘을 합쳐 해적들을 몰아내고 영예의 흑기를 받은 사실도 이야기했다. 메르레인은 이러한 상황에서 여동생을 남겨두고 자기 혼자 마을로 돌아갈 수도 없었다. 당분간 왕도를 탈환할 때까지는 함께 어울려야 할 것 같았다.

이리하여 아르슬란과 그의 군대가 평원 남쪽에서 왕도 방향으로 진군하기 시작한 후로도 전투는 계속 이어졌다.

파르스군의 본진에서 안드라고라스는 지극히 언짢은 표정이었다. 그는 승리를 확신했으나 그럼에도 표정은 밝지 못했다. 어쩌면 루시타니아군의 병량을 태운 것이 아르슬란이 아닐까 의심해, 쓸데없는 짓을 했다고 생각한 것인지도 모른다.

키슈바드는 샤오에게 하고 싶은 말이 가히 산맥 하나 정도는 있었으나 비난과 비판을 입에 담을 수는 없었다. 그것은 무엇보다도 키슈바드의 몸속에 흐르는 무문의 피 때문이었지만 그 외에도 이유는 있다. 아트로파테네 회전에서 루시타니아군의 포로가 되었던 안드라고라스는 반년도 넘게 쇠사슬에 묶여 지하감옥에서 학대를 받았다. 인품에 변화가 생겨도 이상할 것이 없었다.

하다못해 왕도 엑바타나를 침략자들에게서 탈환할 때까지는 하고 싶은 말도 참아야겠다고 생각했다.

또 한 사람의 마르즈반 쿠바드는 어떤가 하면, 샤오의 기분 따위 알 바 아니었다. 일일이 신경 쓸 상황이냐고 생각했다. 아트로파테네에서 패전한 후로 고난을 겪어야만 했던 사람은 샤오 혼자만이 아니다. 엑바타나의 시민들도, 지방의 농민들도 루시타니아군에게 얼마나 비참한 꼴을 겪어야 했는지 헤아릴 수 없다. 모두 아트로파테네에서 샤오가 적에게 패배했기 때문이었다. 모든 책임은 샤오가 짊어져야 한다. 그것이 왕이라는 자리가 아니던가.

한편 루시타니아군에는 동요가 발생해 파문이 크게 퍼져나갔다. 파르스군의 한 부대가 루시타니아군의 후방으로 돌아가 왕도로 가는 퇴로를 차단한 것처럼 보였기 때문이었다.

이는 아르슬란이 이끄는 2만 5천 병력이었다. 한바탕 요란하게 행동해 루시타니아군의 동요를 불러일으켰던 것이다. 부왕에게 보인 최소한도의 협조였다.

"파르스군의 새로운 부대가 전장 서쪽에 출현했다! 엑바타나로 가는 길이 끊어진다!"

공포에 가득 찬 그 외침은 활시위를 떠난 화살의 속도로 루시타니아 전군을 석권했다.

이제까지 루시타니아군은 몇 번이나 무너질 뻔하면서도 간신히 버티며 잘 싸워왔다. 그러나 '퇴로가 끊긴다'는 공포가 그들의 전의를 꺾어놓았다. 그들은 검을 거두고 창을 내렸다. 기수를 돌리고 몸을 뺐다. 의미를 이루지 못하는 외침을 입마다 담으며 궤주하기 시작했다. 파르스군은 그 모습을 놓치지 않았다. 추격을 지시하는 뿔피리 소리가 한데 겹쳐졌다. 도망치는 루시타니아군을 파르스군이 따라잡았다. 검으로 머리를 가르고 쓰러진 자를 말발굽으로 짓이겼다. 파르스군이 루시타니아군에게 자비를 보여줄 이유 따위는 전혀 없었다.

이리저리 도망치며 추격당하는 아군의 모습을 보고 기스카르는 마침내 독전대 출동을 명령했다. 몽페라토 장군은 재고를 촉구했으나 왕제는 응하지 않았다.

"상관할 것 없다. 도망치는 자는 죽여라."

"왕제 전하……."

"쓸데없는 놈들은 죽어버려! 우리 군에는 갈팡질팡할 뿐 쓸모도 없는 것들을 먹여 살릴 여유 따위 없다. 죽어서 부담을 덜란 말이다."

기스카르는 내뱉었고, 놀란 몽페라토는 아무 말 없이 왕제를 바라보았다. 왕제가 고뇌한 나머지 미쳐버린 것만 같았다. 그러나 몽페라토의 관찰은 잘못된 것이었다. 기스카르는 광기와 정반대의 장소에 있었다. 냉혹할 정도로 철저한 타산을 굴리고 있었다.

'이 전투는 졌다. 더는 어쩔 수 없다. 그러나 패배를 그대로 멸망에 직결시켜선 안 되지. 모두 이제부터다.'

입 밖으로는 내지 않았지만 기스카르의 뜻과 야심은

꺾이지 않았다. 원래 대륙 서쪽 변두리의 빈민국이었던 루시타니아를 용맹한 정복자 집단으로 만들어낸 것은 기스카르 한 사람의 노력과 재능의 결과라 해도 과언이 아니었다.

기스카르의 명령이 전달되었다. 이리하여 전장은 새로운 피비린내로 뒤덮이게 되었다.

엘 만고가 지휘하는 독전대는 도망치는 아군에게 화살의 호우를 퍼부었다. 루시타니아군의 인마는 루시타니아군의 화살을 맞아 허공과 대지에 피를 뿌리며 쓰러져갔다.

"아군이야, 우린 아군이라고! 쏘지 마!"

놀란 병사들이 비명을 지르며 항의했지만 화살비는 수그러들지 않았다. 엘 만고 이하 독전대 병사들은 아군임을 알면서도 화살을 퍼부어댔으니 아무리 항의하고 부탁해도 아군을 죽이는 손을 늦출 수는 없었다. 그뿐이랴, 큰 목소리로 온갖 매도를 퍼부어댔다.

"죽고 싶지 않으면 돌아가서 이교도들과 싸워라, 이 비겁한 놈들! 신의 진노가 너희의 머리 위에 떨어질 거다!"

그 목소리를 들은 루시타니아 병사들은 한순간 아연실색해 멈춰 섰다. 그것은 즉시 직관적인 이해로 이어지고 절망적인 전의로 바뀌었다.

루시타니아군은 고함을 질렀으나 그것은 환성이라기

보다는 단말마의 비명에 가까웠다. 그러나 어쨌든 그들은 도주를 중지하고 싸우기 위해 돌아섰다.

파르스군에게는 지극히 의외였다. 그야말로 궤란 직전으로 보였던 루시타니아군의 도주가 뚝 그치는가 싶더니 죽을힘을 다해 반격하는 것이다. 루시타니아군의 검과 창이 파르스군의 검과 창을 압도하고 밀어붙였다. 피보라가 튀고, 검이 부러져 날아가고, 시체가 사방에 흩어졌으며, 눈을 가리고 싶어질 만큼 처참한 혼전이 벌어졌다. 그러나 파르스군은 밀리기는 해도 무너지지는 않았다.

"오래는 못 갈걸."

애꾸눈 쿠바드는 그렇게 단언했다. 루시타니아군의 맹반격이 지극히 부자연스럽다는 사실을 간파했던 것이다. 키슈바드의 의견도 마찬가지였다.

"루시타니아군은 극약의 효과로 잠시 미쳐버린 셈이다. 약의 효과가 떨어지면 싸우기는커녕 서 있을 수도 없을 터. 조금만 더 버텨라."

역전의 용장들은 사태를 올바르게 파악했다. 광기 어린 루시타니아군의 반격은 전황 전체를 바꾸지 못한 채 힘이 빠져나갔으며, 결국 정체되고 말았다. 숨이 가빠져 멈춰 섰을 때 파르스군의 재역습이 시작되었다. 그리고 이번 흐름은 멈추지 않았다.

독전대의 지휘관 엘 만고가 살해당하고 말았던 것이다. 말 위에서 으스대며 다시 아군이 도망치려 하면 화살을 퍼부어주겠노라 마음먹었던 그는 어디서랄 것도 없이 바람을 가르고 날아온 한 자루의 화살에 오른쪽 귀 아래를 뚫려 땅으로 곤두박질쳤다. 화살에는 파르스어로 미스라 신의 이름이 적혀 있었지만 루시타니아인 중에는 이를 읽을 수 있는 자가 없었다. 그들의 눈에는 먼 언덕에서 달려가는 기마의 그림자가 간신히 보였을 뿐이었다.


루시타니아군은 마침내 무너졌다. 20만 대군은 20만의 패잔병으로 변해 서쪽으로 도망쳤다. 왕도 엑바타나의 방향으로. 아침놀을 향해 싸움을 시작했던 루시타니아군이 이제는 저녁놀을 향해 패주하는 것이다.

독전대도 도망쳤다. 이제 그들은 '아군에게서도 미움을 받아 몰매를 맞고 죽는 것은 아닐까?' 하는 공포에 시달려, 무기를 내팽개치고 갑옷도 벗어 던져 최대한 몸을 가볍게 하고 열심히 도망쳤다. 어느샌가 총수 기스카르 공작도 전장에서 모습을 감추고 말았으며, 군을 다시 일으키는 데 필사적이었던 몽페라토 장군 또한 얼마 안 되는 부하들의 보호를 받으며 피신했다.

루시타니아군은 대패했으나, 그 과정은 반쯤 질질 끌려 들어가듯 자멸한 꼴이었다. 이날, 아침부터 저녁까지 걸친 전투에서 파르스군의 사망자는 7200 남짓했으며 반면 루시타니아군의 사망자는 4만 2500 이상이었다. 안드라고라스는 일단 아트로파테네에서의 패전을 설욕한 셈이었다.

제 2 장  왕도 탈환

I

 짧은 기간 동안 상황은 두세 차례씩 뒤바뀌었다. 너
무나도 급박한 변화가 연이어지는 바람에, 그 소용돌이
속에 휘말린 사람들은 자신들의 처지도 역사의 흐름도
뚜렷이 파악하지 못했다. 그리고 훗날에 가서야 '결국
이렇게 된 일이었군.' 하고 비로소 고개를 끄덕이게 되
었다.

 우선 루시타니아의 왕제 기스카르는 왕도 엑바타나에
입성하지 않고 잠시 북서쪽 방면으로 피신했다. 파르스
군의 분열과 대립을 알았던 그는 엑바타나라는 맛있는
먹이를 파르스인들 앞에 던져놓은 것이다. 파르스인들

이 항쟁하여 공멸하면 좋고, 거기까지는 가지 않더라도 대립하여 약해지는 결과는 기대할 수 있다. 그리고 루시타니아 국왕 이노켄티스 7세의 신병 문제도 있다. 어쨌든 그는 기스카르의 형이다. 기스카르가 왕위에 오르려면 형왕이 죽어야만 한다. 마르얌의 왕녀가 휘두른 단검에 찔린 형왕은 엑바타나 성내에서 부상 입은 몸으로 병상에 누워 있다. 파르스군이 엑바타나 성내에 침입한다면 이노켄티스 7세를 살려두지 않을 것이다. 다시 말해 기스카르는 자신의 손을 더럽히지 않고 형왕을 지상에서 몰아낼 수 있는 셈이다. 그리고 손에 남은 루시타니아군을 집결시켜 파르스군의 분열항쟁을 부추긴 후 역습으로 들어가, 이번에야말로 명실공히 루시타니아의 국왕으로서 파르스를 지배할 생각이었다.

한편, 8월 6일. 파르스 제17대 샤오 오스로에스 5세의 아들을 자칭하는 히르메스는 왕도 엑바타나 서쪽 1파르상(약 5킬로미터) 떨어진 곳에서 은색 가면을 쓴 모습을 드러냈다.

그가 이끄는 장병은 3만을 헤아렸다. 과거 마르즈반이었던 삼이 훈련시키고 실전의 단련을 거친 강병들이다. 이 병력에 엑바타나의 견고한 성벽이 더해진다면 히르메스의 승리는 확실할 것으로 보였다.

왕도에 돌입하여 모든 성을 점령하면 성문을 굳게 닫

고 방어를 다지리라. 동시에 왕궁에서 곧바로 즉위를 선언할 생각이었다.

『나야말로 카이 호스로의 정통正統을 잇는 자손이자 파르스군의 참된 샤오이다.』

그것이야말로 히르메스의 긍지이자, 이제까지의 고난으로 가득 찬 인생을 지탱해온 신념이었다.

이미 7월 30일 시점에서 히르메스는 엑바타나 서쪽 16파르상(약 80킬로미터) 거리까지 접근한 상태였다. 똑바로 나아가면 8월 2일에는 왕도에 돌입할 수 있을 것이었다. 그러나 히르메스는 조급해지려는 마음을 억누르고 신중하게 상황을 살폈다. 왕제 기스카르가 이끄는 루시타니아군은 20만 이상. 정면으로 격돌해선 승산이 없다. 히르메스는 루시타니아군이 안드라고라스의 파르스군과 전투를 시작하여, 등 뒤에서 무슨 일이 일어나도 손을 댈 여유가 없어질 때까지 기다렸다.

생각해 보면 다소 복잡한 상황이기는 했다. 왕도 엑바타나를 빼앗기는 측은 루시타니아군이지만, 탈환하려는 측은 셋 다 파르스군이었다.

어느 파르스군이 엑바타나를 지배해야 '왕도를 탈환했다'고 표현할 수 있을까.

안드라고라스의 진영은 다음과 같이 주장할 것이다.

"안드라고라스 왕은 파르스 왕국 제18대 샤오이며 엑

바타나의 정당한 주인이다. 왕태자 아르슬란은 샤오가 있어야 왕태자일 수 있으며 샤오의 명령에 따라야만 하는 존재이다. 은가면은 죽은 히르메스 왕자의 이름을 참칭하는 불손한 무법자일 뿐, 아무런 권리도 없다. 왕국에도 왕도에도 지배자는 단 한 사람, 샤오만이 있을 뿐!"

여기에 히르메스 왕자의 진영은 반론할 것이다.

"히르메스 왕자는 파르스 제17대 샤오 오스로에스 5세의 아들이며 정통 왕위계승자이다. 안드라고라스는 형왕 오스로에스 5세를 시해하여 왕위를 찬탈한 극악인이므로 그의 즉위는 무효다. 당연히 아르슬란 왕자의 태자 책봉도 무효이며, 히르메스 왕자야말로 엑바타나의 올바른 지배자인 것이다!"

어느 쪽이든 나름대로 주장과 근거가 있는 것처럼 보인다. 그렇다면 제3세력인 아르슬란 진영의 의견은 어떨까. 군사 나르사스는 이렇게 말한다.

"정통 논쟁 따위 알 게 뭐람. 하고 싶은 놈들끼리 평생 하고 있으라지."

지극히 뻔뻔한 소리지만, 그저 뻔뻔한 소리로만 치부할 수는 없다. 안드라고라스와 히르메스가 '내가 정통이다, 너는 참칭자다.' 하고 다투는 틈에 착실하게 실질적인 지배권을 쥐어버리겠다는 것이다. 무익한 정통 논쟁조차 이 자칭 천재 화가에게는 군략과 정략의 재료였다.

아무튼 8월에 들어서고 5일까지 히르메스는 용암처럼 끓어오르는 마음을 달래고 있었다. 그리고 마침내 때가 왔다. 6월 미명, 안드라고라스와 기스카르 공작이 전장에서 대치했음을 첩자에게 보고받은 히르메스는 즉시 전군에 출동을 명령했다. 이제 기스카르는 왕도로 되돌아올 수 없다. 그런 행동을 했다가는 등 뒤에서 안드라고라스의 맹공격을 받아 전멸해버릴 것이다.

3만 병력은 삼의 지휘 아래 바람처럼 평원을 이동했다. 일직선으로 왕도 서쪽에 나타난 것이 아니라 곡선을 그리는 경로를 취해 왕도 북부로 우회한 이유는 삼다운 신중함 때문이었다. 이때 삼은 진중에 손님인 마르얌 왕녀 이리나 공주에게 100기의 호위를 붙여 북쪽으로 2파르상(약 10킬로미터) 떨어진 숲 속에 숨겨 전쟁의 여파를 피하게 했다. 그 사실을 사후보고로 전해 들은 히르메스는 잠자코 고개를 끄덕였을 뿐이었다.

히르메스는 백주에 당당하게 엑바타나로 입성할 생각이었다. 그렇다, 위풍당당하게. 그는 다른 자의 도성을 습격한 것이 아니라 자신의 도성에 개선한 것이다. 말 위에서 가슴을 펴고 성문을 지나야 했다.

그렇다고는 해도 3만 병사로 엑바타나 성벽을 돌파할 수는 없다. 루시타니아군은 40만 대병력으로도 정면에서 엑바타나를 함락시키지는 못했다. 병사 수가 적고,

시간도 아깝다. 그렇다면 방법은 하나뿐이다. 10개월 전, 루시타니아군이 엑바타나를 공략했을 때 히르메스는 비밀 지하도를 이용해 성내로 침입했던 것이다.

이번에 히르메스 자신은 잠입하지 않고 성 밖에 대기했다. 잔데가 이 막중한 임무를 맡았다.

그는 메이스를 들고 특별히 고른 굴강한 병사 50명을 대동해 지하도로 잠입했다. 히르메스가 그려준 약도를 한 손에 들고 발목까지 물에 잠기며 나아갔다. 그대로 등불 밑을 몇 번이나 지났을까. 루시타니아어로 누구냐고 묻는 목소리가 울려 퍼졌다. 수비병의 무리가 어둠 너머에서 모습을 나타냈다.

잔데의 거대한 메이스가 루시타니아 병사의 옆얼굴을 후려쳤다. 둔중한 소리와 함께 피가 튀고 부서져나간 치아가 거기에 섞였다. 그 병사가 수면에 쓰러졌을 때는 이미 두 번째 병사가 콧등이 깨져 피를 뿜으며 날아가고 있었다.

잔데는 더욱 메이스를 휘둘러댔다. 무시무시한 소리와 함께 루시타니아 병사의 투구가 찌그러지고 방패가 깨지고 갑옷이 갈라졌다. 뼈가 부러지고 두개골이 박살나고, 짓이겨진 허파에서 피가 뿜어져나왔다. 이 젊은 거한은 검술로는 다륜에게 미치지 못하지만 메이스에 한해서는 천하무쌍일지도 모른다.

"모두 때려죽여라!"

부하들에게 고함을 지르고 잔데는 자루까지 피로 물든 메이스를 풍차처럼 휘둘렀다. 여기에 또다시 몇 명이 휩쓸려 수면에 쓰러졌다.

"한 놈도 살려서 돌려보내지 마라."

잔데가 그렇게 말한 이유는 딱히 잔인해서가 아니었다. 루시타니아군 전체에 알려졌다간 계획이 실패하고 말기 때문이었다.

결국 잔데는 임무에 완벽히 성공했다.

이윽고 왕도 북쪽의 성문에서 소동이 일어났다. 무겁고 거대한 문이 안쪽부터 열리기 시작한 것이다. 놀라 성문 위에서 지상으로 이어지는 계단을 뛰어 내려오던 기사는 말을 타고 성안으로 뛰어든 인물과 맞닥뜨려 놀랐다.

"으, 은가면······!"

루시타니아 기사는 비명을 질렀다. 그의 생애에서 터뜨린 마지막 말이었다. 히르메스의 장검이 허공에서 울부짖고 기사는 목에서 피를 뿜으며 계단에서 굴러떨어졌다.

살육이 시작되었다. 엑바타나 성내의 루시타니아 병사 1만 명에게 최악의 날이 시작되었다. 히르메스는 장검을 쳐들고 내리쳐 검광이 한 번 번뜩일 때마다 루시타니아인의 피로 파르스의 성벽을 칠했다.

문은 완전히 활짝 열렸다. 임무를 마친 잔데는 다시 메이스를 치켜들고 히르메스와 나란히 피바람을 불러일으키기 시작했다. 철퇴의 일격을 목덜미에 맞고 쓰러진 루시타니아 기사 한 사람은 무시무시한 광경을 보았다. 옆으로 누운 시야를 가득 메우듯 수만 명의 파르스군이 성 밖에서 쇄도한 것이었다.

II

"설마 이런 형태로 왕도의 성문을 지나게 될 줄이야."

삼은 개탄했다. 그는 과거 파르스 전군에 열두 명밖에 없는 마르즈반 중 한 사람이었다. 아트로파테네 회전에는 참가하지 않고 동료 가르샤스흐와 함께 왕도 수비를 맡았다. 그로부터 10개월, 지금 삼은 왕도를 공격하는 측에 몸담고 있다. 국가의 운명도 짧은 기간에 변해버리는 것이었다.

형식상 삼은 안드라고라스 왕을 배신하고 히르메스에게 돌아선 몸이었다. 처지도 심리도 복잡했다. 그러나 상대가 루시타니아군일 때는 사양할 필요도, 망설일 필요도 없었다.

삼은 부하들의 선두에 서서 성안으로 돌입했다. 과거 엑바타나를 수비하던 그는 성내의 지리에 훤했다. 왕궁을 비롯한 주요 건물, 나아가서는 가도며 광장까지도 잘 알고 있다. 포석에 말굽 소리를 울리며 삼은 왕궁으로 가는 최단거리를 질주했다. 3만 병력이 그 뒤를 따랐으며, 이 인마의 분류를 막으려는 루시타니아 병사들은 모조리 죽음을 맞았다. 말 위에서 베여 떨어지고 말발굽에 짓밟혔다. 피는 붉은 비가 되어 포석에 쏟아졌다.

질주하며 삼은 외쳤다. 부하들에게도 외치게 했다.

"파르스군이 돌아왔다! 엑바타나 시민들이여, 일어나라. 일어나서 루시타니아 병사들을 죽여라. 놈들의 수는 얼마 남지 않았다!"

"호오, 삼이 왔군."

히르메스는 피에 젖은 장검을 들며 고개를 끄덕였다.

"은가면 네 이놈! 왕제 전하께서 자리를 비운 틈을 노리다니, 비겁하다!"

그렇게 이를 간 루시타니아 기사도 있었으나 적의 허점을 찌르는 것은 병법의 상식이다. 히르메스는 소리 높여 웃으며 비난을 튕겨냈다.

"내가 허점을 노릴 줄 알면서도 성 밖으로 나간 기스카르야말로 어리석은 놈이지. 원망하려거든 놈의 어리석음을 원망하거라!"

"다, 닥쳐라, 아군인 척 기회만 엿보던 네놈의 사심이 가증스럽구나. 왕제 전하를 대신해 벌을 내려주마!"

기스카르에게 왕도 수비 임무를 맡았던 디블랑 남작은
검에 분노를 담아 히르메스에게 달려들었다. 참격의 응
수는 10합도 이어지지 못한 채 목덜미에 치명상을 받은
디블랑 남작의 절명으로 끝났다. 디블랑 남작은 자신이
만든 피웅덩이에 갑주 소리와 함께 쓰러졌다. 그 메아
리가 사라지기도 전에 기이한 소리가 솟아났다. 소리는
차츰 커져, 파르스와 루시타니아 기사들이 어리둥절 서
있는 가운데 왕도 전체를 휩쌌다. 그것은 수십만의 입
에서 터져나오는 파르스어 외침이었다.

 마침내 시민들이 봉기했던 것이다.

 거의 10개월에 걸쳐 루시타니아군의 압정과 포학에
시달렸던 엑바타나 시민들이 분노와 증오를 터뜨렸다.

 누가 조직한 것도 아니었다. 명령한 것도 아니었다.
10개월에 걸쳐 그들은 참고 있었다. 부모는 살해당하고
아내는 겁탈당하고 자식은 납치당하고 집은 불타고 양
식은 빼앗겼다. 신앙하던 신들의 상은 부서졌으며, 강
제노동에 내몰려 채찍질을 당했다. 거역하면 손이 잘리
고, 귀가 베이고, 눈이 뭉개지고, 혀가 뽑혔다. 루시타
니아인들은 무자비한 공포로 엑바타나를 지배해왔다.
그러나 어떤 일에나 끝은 있다. 마침내 루시타니아군의
폭거도 끝날 때가 온 것이다.

 "파르스군이 돌아왔다! 루시타니아군을 쓰러뜨려라!"

이렇게 수십만의 입에서 똑같은 외침이 터져 나왔다. 어떤 자는 돌을 들었다. 어떤 자는 막대기를 쥐었다. 어떤 자는 우마에게 쓰는 가죽채찍을 들었다. 손에 잡히는 대로 무기가 될 만한 것을 들고 그들은 집단을 이루어 루시타니아 병사들에게 달려들었다.

"죽여라! 놈들을 죽여버려!"

이러한 상황이 되면 루시타니아군도 필사적이었다. 항복한들 목숨을 부지할 수도 없을 테고 비참한 죽음만이 기다릴 뿐이다.

루시타니아 병사들은 검을 휘둘러 파르스인을 베었다. 그러나 한 명의 몸에 검을 찌른 사이에 다섯 명이 막대기로 후려쳤다. 돌을 던졌다. 눈을 못 뜨도록 모래나 흙을 얼굴에 뿌렸다. 길거리에서 말을 타고 달려가려는 루시타니아 병사의 머리 위에 쇠솥이 떨어져 머리를 강타당한 병사가 공중제비를 넘으며 떨어졌다. 황급히 도우려던 다른 기사는 말의 다리를 노리고 광주리가 날아오는 바람에 말이 다리를 접질리면서 넘어졌다. 길바닥에 내팽개쳐진 기사는 검을 뽑으며 외쳤다.

"신이여, 가호하소서!"

그것은 이미 오만한 침략자의 큰소리가 아니었다. 궁지에 몰린 패배자의 비통한 외침이었다. 자신들은 조국에 처자식을 남겨두고 만 리 길을 지나 악전고투로 가득

한 원정을 넘어섰다. 참된 신에게 등을 돌린 사악한 이교도를 수백만 명이나 죽이고 신의 영광을 대륙공로에 찬란하게 빛냈다. 이토록 충실하게 이알다바오트 신을 섬겼는데 왜 신은 신도들을 저버린단 말인가.

그의 의문은 그가 살아있는 동안 풀리지 못했다. 검을 뽑아 겨우 일어나려 했을 때 돌이 쏟아지고 무거운 몽둥이 몇 자루가 날아들었기 때문이다. 기사는 마구잡이로 얻어맞아 자신이 누구에게 살해당했는지도 알지 못한 채 죽어갔다. 기사가 피와 모래투성이가 되어 완전히 움직이지 못하게 된 모습을 지켜본 시민들은 다음 사냥감을 찾아 저마다 고함을 지르며 달려나갔다.

시가지 곳곳에서 루시타니아 병사들이 궁지에 몰려 칼에 베이고 몽둥이에 얻어맞아 목숨을 잃었다. 숨이 끊어진 후에도 주먹질, 발길질을 당하는 자는 헤아릴 수도 없을 정도였다. 갑옷이 벗겨지고 가죽끈에 묶여 말이나 낙타에 끌려다니는 자도 있었다. 손발 뼈가 부러져나가고 입에는 흙과 모래가 가득 찬 자도 있었다.

"흐아악, 살려줘, 살려줘……!"

패잔한 침략자만큼 비참한 것도 없다. 이제까지 쌓았던 악업의 대가를 치러야만 한다. 그것도 30만 명이 저질렀던 악업을 이 자리에 남아 있던 1만 명 정도가 몰아받아야만 했다.

"나도 좀 때리자."

"나도 죽여야겠어! 아들도 손자도 이놈들에게 죽었다고!"

"누가 단검 좀 빌려줘! 우리 아버지가 당했던 것처럼 이놈의 눈알을 파버리게."

"나도 아내의 원수를 갚아야겠어."

"이 자식! 루시타니아의 악마 자식!"

엑바타나의 모든 시민들이 복수자로 돌변해 적국 사람들의 피에 취해버린 듯했다. 개중에는 말리는 사람도 있었지만, 그런 자들은 네놈도 루시타니아의 앞잡이냐면서 동포들에게 힐문을 당한 끝에 구타의 폭우를 받고 말았다. 실제로 엑바타나 시민들 중에는 침략자에게 아양을 떨어 동포를 밀고하거나 약탈을 도와준 자도 있었던 것이다. 그랬던 사람은 루시타니아 병사와 마찬가지로, 혹은 그 이상으로 동포들에게 처참하게 살해당했다. 광장에는 루시타니아인의 시체와 함께 파르스풍의 의복을 입은 피투성이 시체도 쌓였다.

그러한 처참한 유혈을 히르메스는 저지하려 들지 않았다. 파르스인의 분노는 지당하고, 루시타니아 병사들이 복수의 대상이 되는 것 또한 지당하다고 생각했다.

"루시타니아의 여자와 아이들이 죽는 것도 아니니까. 어차피 죽는 것들은 무기를 든 놈들뿐이다. 알아서 자기 몸을 지켜보라지."

성내의 루시타니아 병사들이 모조리 죽임을 당하면 엑바타나 시민들도 유혈의 취기에서 깨어날 것이다. 그렇게 됐을 때 자신이 정통한 샤오임을 선언할 장소는 어디일까. 유혈의 거리를 걸으며 히르메스는 물색하고 있었다. 이윽고 왕궁 앞의 노대가 좋겠다고 마음속으로 결심하고 히르메스는 어깨 너머로 잔데를 돌아보았다. 중요한 용건을 아직 마치지 않았던 것이다.

"성문 앞에 카이 호스로의 군기를 세워라."

명령하는 히르메스의 목소리는 환희에 들뜨기 직전이었다.

"예!"

기운차게 대답한 잔데는 말 등에서 막대에 둘둘 감긴 묵직하고 커다란 천을 꺼내 들었다. 한 걸음 뒤에서 그 광경을 삼이 지켜보고 있었다. 착 가라앉은 눈빛이었다.

III

병사도 시의도 이미 도망치고 만 왕궁 한곳에서 루시타니아 국왕 이노켄티스 7세는 홀로 침대에 누워 있었다. 온갖 사치를 다한 파르스풍의 침대로, 남방의 값비싼 향나무를 조각한 것이었다. 그러나 루시타니아 국왕은 이를 만끽할 수도 없었다. 열이 나고 땀이 흘렀으며 목이 탔다. 누군가 와 달라고 신음하는 그의 귓가에 병실 문이 열리고 닫히는 소리가 났다. 뿌옇게 흐려진 시야에 사람 모습이 들어왔다.

"짐은 파르스 제18대 샤오다. 히르메스라 하지. 그대와 말을 나누는 것은 처음이다만, 기분은 어떠냐."

냉소를 머금은 은가면의 목소리에 이노켄티스 7세는 눈을 깜빡였다. 매우 둔감한 루시타니아 국왕은 사정을 이해하는 데 시간이 필요했으며, 그러고도 조금 뜬금없는 질문을 했다.

"허어, 파르스 샤오는 안드라고라스라 하지 않았던가."

파르스 샤오를 자칭하는 인물이 왜 이런 곳에 있느냐는 질문을 받을 줄 알았던 히르메스는 기분이 상했다.

"그놈은 찬탈자다!"

노성은 파르스어로 터져 나왔다. 이노켄티스 7세는 늘어진 목살을 살짝 떨었으나 그 이상은 움직이지 못했다. 움직일 수 없었던 것이다. 그의 몸에는 붕대가 칭칭 감겼고 마르얌 왕녀에게 찔린 복부의 상처는 뜨거운 통증에 시큰거렸다. 파르스 왕궁은 세련된 건축 기술로, 여름에도 건조하고 서늘한 기운을 유지했으므로 상처를 치유하기에는 좋은 환경이었다. 그러나 왕제 기스카르의 손길이 닿은 시의들은 치료를 제대로 하지 않았다.

이노켄티스 7세는 죽어가도록 반쯤 방치된 상태였다. 그는 고독하고 불행했으나 스스로는 이 사실을 정확하게 파악하지 못했다. 동생에게 유폐당하기 훨씬 전부터 자기 혼자만의 꿈나라 속 미로에 갇힌 사람이었으므로.

종잡을 수 없는 대면 후 히르메스는 병실 밖으로 나왔다.

"루시타니아 국왕의 신병을 어떻게 하시겠습니까, 히르메스 전하."

흥분을 억누른 목소리로 잔데가 물었다. 그에게 루시타니아 국왕 이노켄티스 7세는 조국을 침략한 가증스러운 적이었다. 지금 당장에라도 갈기갈기 찢어버리고 싶었다.

히르메스는 다소 기분이 좋지 못했다. 루시타니아 국왕의 반응이 이렇게나 둔중해서는 복수의 쾌감도 깎여나가지 않는가. 좀 더 겁을 먹고 벌벌 떨며 울부짖었으면 했다.

"당장은 죽이지 마라."

히르메스는 대답했으나 물론 자비에서 온 대답은 아니었다. 안드라고라스 3세를 포로로 삼았을 때도 그는 당장 죽이지 않았다. 이노켄티스 7세 개인에게 그리 깊은 증오가 있지는 않았다. 그러나 히르메스가 샤오로서 즉위할 때, 이노켄티스 7세는 파르스를 침략한 가증스러운 적국의 왕으로서 처형당해야 했다. 아마 수만 명이나 되는 엑바타나 시민들이 구경하는 가운데 산 채로 화형을 당하게 되리라. 이제까지 수많은 파르스인이 루시타니아군의 손에 그렇게 되었듯.

정오가 되었다. 1만 명의 루시타니아 병사는 백만 명에 가까운 엑바타나 시민의 손에 피투성이 넝마로 변해버렸다. 겨우 복수심을 충족한 시민들 중 수만 명이 왕궁 앞뜰에 모였다. 병사들의 말에 이유도 모른 채 모인 것이었다. 앞뜰이 내다보이는 거대한 대리석 노래에 모습을 나타낸 은가면은 수만 명의 시선을 받으며 가슴을 젖혔다.

"엑바타나 시민들이여, 짐의 이름은 히르메스라 한다. 그대들의 샤오였던 오스로에스 5세의 적자이며 파르스의 정통 후계자이다!"

히르메스의 목소리가 낭랑하게 군중들 머리 위에 울려 퍼졌을 때 돌아온 것은 침묵이었다. 반감에서 오는 침묵이 아니었다. 너무나도 의외의 사실을 알았기에 목소리가 나오지 않았던 것이다. 이윽고 나직한 술렁임이 파도가 되어 군중 사이에 퍼져갔다.

"히르메스 님이래. 선왕 폐하의 적자라고? 하지만 그분은 십몇 년 전에 화재로 돌아가셨다고 하지 않았어? 그런데 살아 있었다니! 대체 우리가 모르는 데서 무슨 일이 있었던 거야?"

술렁임은 그러한 내용이었다. 젊은 사람들 중에는 오스로에스가 누구냐며 고개를 갸웃거리는 자도 있었다.

히르메스는 열렬한 변설로 안드라고라스의 '악행'을 폭로했다. 그리고 마침내 자신의 얼굴을 가린 은색 가면에 손을 댔다.

"이 얼굴을 보라! 찬탈자 안드라고라스에게 불탄 이 얼굴을. 이것이야말로 짐이 히르메스 왕자라는 증거이다!"

잠금쇠가 소리 높여 빠져나가고, 은색 가면이 여름 햇살을 반사하며 그 자체가 지상의 광원이기라도 한 것처럼 찬연한 광채를 발했다. 군중은 한순간 눈이 부셔 눈을 가리고, 눈을 가늘게 뜨며 노대 위의 인물을 다시 보았다. 내팽개쳐진 은가면이 히르메스의 발밑에서 메마른 소리를 냈다.

히르메스는 군중 앞에 민얼굴을 드러냈다. 오른쪽 절반이 검붉게 짓무르고 왼쪽 절반만이 조각처럼 수려한 얼굴을.

이를 뚜렷이 본 자는 전방에 있던 일부 군중뿐이었지만 놀라는 목소리는 시시각각 멀리까지 커다란 파도가 되어 광장 전체에 퍼져나갔다. 히르메스는 자신의 끔찍한 흉터를 공표했다. 샤오로서 정통성을 주장하기 위해 타인의 눈에 화상을 드러낼 수밖에 없었던 것이다. 반대로 말하자면 이때 히르메스는 자신의 화상조차 인심을 장악하기 위한 무기로 사용한 셈이었다.

한참 술렁임이 퍼져간 후, 그것은 함성으로 바뀌어 크게 솟아올랐다.

"히르메스 왕자 만세!"

그런 목소리가 울려 퍼지는 가운데, 삼이 마음속으로 중얼거렸다.

'저것은 히르메스 전하를 환영하는 외침이 아니다. 루시타니아군에 대한 증오와 반감이 뒤집어졌을 뿐. 만일 히르메스 전하가 실정을 하신다면 즉시 비난의 외침으로 바뀌겠지.'

오스로에스 5세는 히르메스에게는 다정하고 좋은 아버지였으며 불가침의 존재였을 것이다. 그러나 냉정하게 본다면 샤오로서는 그다지 명망이나 업적이 특출한 인물도 아니었으며, 특별히 민중에게 호감을 사지도 않았다. 히르메스가 오스로에스 5세의 아들이라 해서 민중들에게는 딱히 우러러볼 이유는 없었다.

히르메스는 루시타니아군을 물리치고 왕도 엑바타나를 파르스인의 손에 되찾아주었다. 그렇기에 시민들은 박수를 친다. 나아가서는 기대한다. 다시는 루시타니아군의 마수에 엑바타나를 넘겨주지 않으리라고. 시민들에게 식량과 물을 주리라고. 왕도의 번영을 하루라도

빨리 회복시켜 주리라고. 그것이 실현되지 않는다면 히르메스에 대한 기대는 실망으로 바뀌고 말 것이다.

사실은 벌써부터 일부 시민들 사이에서 불만의 목소리가 솟아나기 시작하고 있었다.

"왜지? 왜 성문을 닫는 거야? 기껏 왕도가 해방되었는데."

삼은 그 목소리를 설득해야만 했다. 지금은 성 밖으로 나간 루시타니아군이 언제 다시 돌아와 공격을 가할지 모르기 때문에 주의할 필요가 있다고, 그렇게 말해 일단은 수긍을 시켰다. 그러나 루시타니아군이 아니라 파르스군이 쳐들어왔을 때는 무어라 설명을 해야 좋을까. 삼은 자기 자신이나 히르메스의 앞길을 낙관적으로 생각할 수가 없었다.

'분명 히르메스 전하는 엑바타나의 주인이 되셨다. 하지만 단 하루로 끝날지도 모르지.'

그렇게 생각하면서 삼은 성내를 한 바퀴 돌며 수비를 강화했다. 왕궁에 돌아오자 히르메스가 말을 걸었다.

"삼, 이래저래 고생이 많았다."

"왕도탈환의 대업을 이루신 것을 감축하옵니다, 전하."

"음. 이제는 즉위와, 그리고 무엇보다도 안드라고라스 놈을 쳐 없애는 일이 남았지. 나의 즉위식 때는 그대의 에란(대장군) 취임을 함께 축하하도록 하세."

히르메스는 이미 은가면을 벗어놓고 있었다. 하얀 마직
천을 머리에 감아 어깨에 늘어뜨려 그것으로 오른쪽 얼굴
을 살짝 가려놓았다. 선드러진 젊은 왕의 모습이었다. 이
것이야말로 이 사람 본래의 모습이라고 생각하니, 삼은
일그러진 운명의 무게를 느끼지 않을 수 없었다.

이윽고 히르메스는 삼과 열 명 정도 되는 병사를 대동
하고 왕궁 안의 보물고로 발을 옮겼다.

히르메스가 보물고를 방문한 이유는 두 가지였다. 하
나는 나르사스만큼 명확하지는 않다 해도 군자금의 필
요성을 알기 때문이었다. 지금 엑바타나의 시민들에게
서 세금을 징수하면 금방 반발을 살 것이다. 민중에게
서 세금을 거두는 것은 샤오의 권한이지만 지금은 그래
선 안 된다. 보물고 안에서 디나르(금화)를 긁어모으는
편이 나을 것 같았다.

무엇보다도 큰 두 번째 이유는, 자신이야말로 왕이라
는 그의 의식 때문이었다. 샤오인 이상 왕궁의 보물고
는 그의 것이다. 어떠한 재물이 있는지 확인해두는 것
은 당연한 일이 아니겠는가.

하지만 보물고에 발을 들인 히르메스는 경악했다. 천
장도 벽도 바닥도 거대하게 깎은 돌로 에워싸인 보물고
에는 역대 샤오들이 비축해두었던 보석이나 황금이 코
끼리 50마리 분량이나 쌓여 있어야 한다. 그러나 그의

발밑에는 조그만 은괴 몇 개가 굴러다닐 뿐이었다. 삼이 사정을 추측했다.

"아마 왕제 기스카르 공작이 이제까지 약탈한 재물을 모두 자기 진영으로 가지고 나간 모양입니다."

"그건 나도 안다. 하지만 무엇 때문에 그러한 짓을 한단 말이냐."

히르메스는 의혹에 사로잡혔다. 약탈한 재물을 모조리 가지고 떠났다는 것은 기스카르에게 왕도로 돌아올 뜻이 없다는 사실을 보여주는 것이 아닐까. 기스카르는 무엇을 꾸미고 있단 말인가. 그러고 보면 히르메스가 서쪽에서 때를 기다리고 있음을 알면서 고작 1만도 안되는 수비병만을 남겨놓고 왕도를 비워둔 점도 수상했다. 그리 비워주었기 때문에 히르메스는 매우 쉽게 왕도로 입성할 수 있었다. 매우 쉽게. 생각해보면 그것이야말로 가장 수상한 일이 아니겠는가.

히르메스는 가슴속에 먹구름이 피어나는 것을 느꼈다. 기스카르는 방심한 것이 아니라 일부러 엑바타나를 히르메스의 손에 떠넘긴 것이 아닐까. 히르메스가 어차피 엑바타나를 영원히 지배할 수 있을 리 없다고, 그렇게 내다보았던 것이 아닐까.

실제로 안드라고라스가 10만 내지 그 이상의 병력을 이끌고 왕도로 쳐들어왔을 때 히르메스는 3만 병사로 대항해야만 한다. 견고한 성벽을 끼고, 또한 시민에게 무기를 주어 항전한다 해도 병량과 물은 어떻게 한단 말인가…….

"즉위식을 생각할 때가 아니군. 그러나 나 자신이 샤오가 되지 않는다면 시민들도 내 편이 되지 않을지 모른다. 어떻게 해야 좋을지."

여름 햇살은 여전히 하얗게 빛났으나 히르메스는 제 머리 위에 그늘이 졌음을 깨달았다.

이때 히르메스에게 파르스 샤오 안드라고라스와 루시타니아 왕제 기스카르에 대한 생각은 있었으나, 파르스 왕태자 아르슬란 따위는 전혀 안중에 없었다.


IV


히르메스에게 존재를 무시당한 아르슬란은 8월 8일에는 왕도 동쪽 2파르상(약 10킬로미터) 거리에 있었다.

정찰에서 돌아온 엘람이 말했다.

"엑바타나 성 앞에 걸려 있던 루시타니아군기가 내려갔습니다. 제 눈으로 확인했습니다. 성벽 위의 병사들도 파르스의 군장이었습니다."

엘람의 보고에 아르슬란의 가슴이 술렁거렸다. 사정은 명백했다. 히르메스 왕자에게 추월당한 것이다.

"그 은가면 왕자님은 제법 팔이 기셨군."

탄식한 것은 다륜이었으며 기이브는 비아냥거리듯 진남색 눈동자를 빛내며 대꾸했다.

"팔을 뻗어 붙잡을 수야 있었겠지. 언제까지 버틸지가 문제지. 어차피 금방 팔이 저릴 것 같은데."

군사 나르사스는 신뢰하는 레타크(몸종)이자 제자인 소년에게 질문했다.

"엘람. 성문은 열렸더냐, 닫혔더냐."

"닫혔습니다. 동서남북 성문을 굳게 닫고 병사 한 명 들여보내지 않으려는 것처럼 보였습니다."

엘람의 관찰은 정확하고 정밀했다. 몇 가지 질문을 더 건넨 후, 나르사스는 아르슬란을 돌아보았다.

"은가면이 끌어안은 약점이지요. 엑바타나 시민들은 겨우 침략자의 손에서 해방되어 기뻐했을 겁니다. 그런데……."

그런데 해방자여야 할 히르메스는 딱히 엑바타나 시민들의 행복을 바라지 않았다. 자신이 손에 넣은 왕도의 지배권이 소중할 뿐이다.

아르슬란 일행의 머리 위에서 태양이 지나가 그림자는 동쪽으로 길게 뻗었다. 엘람에 이어 다른 정찰병이 돌아왔다.

이번에는 자스완트였다. 그는 안드라고라스의 파르스

군과 기스카르의 루시타니아군 쌍방의 동향을 캐고 있었다. 자스완트는 신두라인이며 파르스 국내의 지리에는 밝지 못하다. 그러나 그런 만큼 어정쩡한 지식이나 선입견에 휘둘리지 않고 사실을 있는 그대로 관찰할 수 있다고 판단한 나르사스가 그에게 중요한 정찰을 맡겼던 것이다.

"파르스군은 전장에서 서쪽으로 이동했으나 해가 지기 전에 야영 준비를 시작했습니다. 한편 루시타니아군은 대열다운 대열도 짜지 않고 그저 북서쪽으로만 가고 있었습니다."

자스완트는 그렇게 보고했다. 루시타니아군의 중추를 이루는 1만 기 정도가 왕기 주위를 엄중히 경호하며 전진했으며, 그 무리는 흐트러짐을 보이지 않고 상당히 많은 짐을 지키고 있었다고 한다. 보고를 들으며 나르사스는 지도에 시선을 돌리고, 무언가 연신 고개를 끄덕여댔다.

"엑바타나를 함락하기란 지금은 쉬운 일입니다."

아르슬란에게 나르사스는 그렇게 말했다. 이것은 딱히 기책을 발휘해서가 아니었다.

자신들이 엑바타나 시민들의 편인 파르스군이며 시민들을 위한 식량과 물을 가져왔다고, 그렇게 성 밖에서 외치기만 하면 된다. 견고한 성문도 안에서 열릴 것이다.

이를 막으려면 파르스인들의 통치자여야 할 인물이 파르스 백성들을 죽여야만 한다. 이 모순은 긴박한 상황 속에서 급속도로 확대되어, 이번에는 그 공포에서 도망치기 위해 역시 누군가가 성문을 안에서 열 것이다.

엑바타나는 성안에서 밖을 향해 붕괴된다. 그렇게 끝날 수밖에 없다. 이런 판단을 내린 나르사스는 결국 자신들의 무력으로 왕도를 함락한다는 생각을 버렸다.

"왕도 공방은 안드라고라스 폐하와 히르메스 전하에게 맡기면 되네. 우리에게는 달리 해야 할 일이 있지."

나르사스는 동료들에게 그렇게 말했다. 다륜을 비롯한 용사들은 왕도를 공략한다는 당초의 계획이 중지되어 유감스러워하는 눈치였으나, '달리 해야 할 일'에 기대하기로 했다.

문득 아르슬란이 마음에 걸린 것이 있는 듯 부하들을 돌아보았다.

"내가 아바마마와 사촌 형님인 히르메스 왕자 사이에서 화해를 시켜드릴 수는 없겠는가?"

다륜이 말을 고르며 설명했다.

"전하의 뜻은 고결하오나, 이번에는 도저히 안 될 것 같습니다. 인간의 힘으로는 어찌할 수 없는 일이 있는 법입니다."

그러자 다른 사람이 여기에 말을 보탰다.

"인간의 힘이라기보다는, 현재 전하의 힘으로는 어떻게도 안 될 것입니다. 끼어들면 오히려 사태가 악화되겠지요."

지나치게 가차 없는 말로 단언한 사람은 나르사스였다.

"이봐, 나르사스……."

"아닐세, 다륜. 괜찮네. 나르사스의 말이 맞네."

아르슬란은 얼굴을 붉혔다. 오만하게 굴 때가 아니라고 생각했다. 그는 아직 소년이며, 일족의 장로 같은 입장도 아니다. 대화를 제안해봤자 비웃음을 사고 말 것이다.

만일 아르슬란이 50만 대군을 거느리고 그 무력을 배경으로 화해를 권유한다면 안드라고라스도 히르메스도 일단 설득에 응하는 형태를 취할 것이다. 그러나 현실을 보자면 그의 병력은 3만도 되지 않는다. 병력으로 상대를 압도하고 대화에 응하게 할 만한 무력도 없는 것이다.

"전하, 다륜 경의 말이 옳사옵니다. 인간의 노력이나 선의만으로는 어쩔 수 없는 일이 세상에는 있는 법이옵니다. 하다못해 가능한 일부터 하나씩 해 나가시옵소서."

미스라 신을 섬기는 카히나 파랑기스가 그렇게 조언했다. 군사인 동시에 왕의 스승이기도 한 나르사스가 다시 입을 열었다.

"아침놀과 저녁놀을 동시에 볼 수는 없는 법이지요."

모든 것을 동시에 손에 넣을 수는 없다. 개혁파가 지지하면 수구파는 싫어한다. 아르슬란이 파르스의 옥좌에 오르면 오르지 못한 자는 그를 증오한다. 전쟁에서 이기면 패배한 자에게는 원망을 받는다. 재능을 발휘하면 무능한 소인배에게 질시를 산다. 누구에게도 미움을 받지 않고, 무엇이든 해내고 싶다고 생각한다면 결국 무엇 하나 할 수 없게 되는 법이다.

"알았네. 하나씩 해나가세."

아르슬란은 그렇게 말하며 자기 자신을 타일렀다. 깃털도 나지 않은 햇병아리가 느닷없이 하늘로 날아오르려 해봤자 둥지에서 떨어져 죽을 뿐이다.

카히나 파랑기스가 녹색 눈동자를 왕태자의 옆얼굴에서 지도로 옮기고, 다시 나르사스에게 향하더니 물었다.

"한데 우리는 어떻게 하면 좋겠나. 팔짱만 낀 채 왕족 간의 항쟁을 방관하는가?"

"아니지. 우리에게는 엄연히 싸워야 할 적이 있네."

나르사스는 다른 지도를 펼쳤다. 아르슬란을 비롯해 군의 간부들이 주위에서 들여다보았다. 군사의 손가락이 지도 위를 이동하고 일동의 시선이 이를 따라갔다.

"기스카르 공작이 이끄는 루시타니아군일세. 왕족끼리 무익하게 피를 흘릴 동안 우리는 루시타니아군을 칠 걸세."

나르사스는 단언했다.

기스카르 공작의 속셈은 파악했다. 그는 파르스군이 분열한 것을 알고 있다. 엑바타나라는 달콤한 먹이를 파르스군의 눈앞에 던져놓으면 파르스군의 각 파벌은 혈안이 되어 쟁탈하려 들 것이다. 그사이에 루시타니아 군의 전력에서 쓸데없는 부분을 잘라내고 정예만을 남겨 재기를 꾀하려는 것이다.

나르사스의 설명을 듣고 다룬이 짐작 가는 바가 있다는 표정을 지었다.

"그렇다면 루시타니아군의 움직임에 이해하지 못할 점이 있었던 것은 처음부터 기스카르 공작이라는 자에게는 이길 마음이 없었기 때문이었군."

"처음부터 완전히 계산한 것은 아니리라 보네. 아마 기스카르 공작이 결단한 건 전쟁 중반부터가 아닐까."

나르사스는 항상 여러 가지 사태를 고려하고 각각의 경우에 대비한다. 이번에도 예외는 아니었다. 물론 기스카르라는 인물을 직접 아는 것은 아니지만 사실의 정확한 관찰에 절도 있는 상상력이 결합되면 충분히 정곡을 찌르는 심리 통찰이 가능했다.

나르사스가 보기에 기스카르는 안드라고라스 왕과 싸울 때까지만 해도 약간 어정쩡한 심리 상태였다. 병력이 압도적으로 많으니 승산은 충분했을 것이다. 이기면 그보다 좋은 일이 없을 테니 전투 중반까지는 자기 자신의 계획에 결단을 내리지 못했을 것이 분명하다.

"그러면 우리가 했던 일도 어느 정도 효과가 있었겠군."

기이브의 말이 옳았다. 그들이 루시타니아군의 후방으로 돌아가 병량에 불을 질렀기 때문에 루시타니아군은 흐트러졌으며 기스카르는 결단할 수밖에 없었다. 부왕을 위해 아르슬란은 보이지 않는 공을 세운 셈이다.

"마지막에 아르슬란 전하께서 엑바타나의 주인 자리를 차지하시기만 하면 되는 걸세. 중간 경과는 아무래도 상관없지. 엑바타나 시민들에게는 당분간 고달픈 이야기가 되겠지만."

나르사스가 말을 마치고 일동은 행동으로 들어갔다. 안드라고라스 왕의 군대가 야영하는 동안 이쪽은 군을 이동시켜 루시타니아군을 추적해야만 한다. 방향은 알고, 중간에는 낙오된 루시타니아 병사들이 있을 테니 추적하기는 어렵지 않다.

엘람에게 지도를 정리하게 하고 나르사스가 말에 올라타자 아름다운 카히나가 목소리에 웃음기를 머금으며 말했다.

"나르사스 경도 왕태자 전하에게는 무르시군. 말과는 크게 다른걸?"

"무슨 소리인지, 파랑기스? 나는 언제나 전하께 엄격하다고 생각하네만."

다이람의 옛 영주는 시치미를 뚝 떼었지만 완벽히 성공하지는 못했다. 파랑기스는 한 손으로 가볍게 자기 말의 목을 두드렸다.

"안드라고라스와 히르메스와의 직접 대립은 파르스 왕가의 혈통이 혼탁해진 데에서 온 것. 어느 쪽이 이기든 참으로 처참하고 뒷맛 씁쓸한 일이 되지 않겠는가. 그러한 피와 진흙탕이 뒤섞인 탁류에 왕태자 전하를 말려들게 하고 싶지 않다고, 군사님께서는 그렇게 생각하셨겠지."

"……."

"입처럼 사람이 짓궂었다면 그러한 배려도 하지 않으셨을 터."

"그게 나르사스의 좋은 점이라구!"

갑자기 본인보다도 열심히 나르사스의 장점을 추켜세우고 나선 것은 하늘색 천을 머리에 감은 조트족 소녀였다. 새까만 비단 같은 머리카락을 찰랑이며 파랑기스는 고개를 끄덕였다. 나르사스가 시선을 한데 두지 못하는 모습을 보고 슬쩍 웃음을 내비치더니, 알프리드에게 말했다.

"알프리드, 그 루시타니아 수습기사가 어쩐지 불안해

하시는 것 같더군. 그대와 사이가 좋았던 듯하니 한번 보고 와주시지 않겠나?"

"딱히 사이가 좋았던 건 아니지만, 알았어. 보고 올게. 생각 없이 행동하기라도 하면 다른 사람들한테 피해가 갈 테니까."

자신은 생각이 없지 않다고 은근슬쩍 주장하고 알프리드는 말을 몰아 달려갔다. 대신 다가온 것은 기이브였다.

"아름다운 파랑기스 님, 군사님만이 아니라 저에 대해서도 허상에 사로잡히지 않은 참된 모습을 보아 주시지요."

"보고 있고말고."

"과연 그럴까요?"

"제대로 보고 있다네. 보게나. 갑주 끝자락에서 기이브가 아닌 디이브(마귀)의 시커먼 꼬리가 나와 있지 않나."

"어이쿠, 기껏 열심히 감춰놨더니……."

기이브는 짐짓 팔을 들며 등 뒤를 들여다보는 시늉을 했다.

그들의 앞쪽을 두 개의 말 그림자가 가로질렀다. 기이브의 시야에 비친 것은 두 소녀가 말을 모는 모습이었다. 앞장선 것은 루시타니아인 에스텔이었으며 알프리드가 그 뒤를 따라가고 있었다.

"나는 엑바타나로 가겠다! 국왕님을 구해내야만 한다."

수습기사 소녀는 그렇게 외치고, 조트족 소녀도 어이 없다는 듯 고함을 질러주었다.

"웃기는 소리 하지 마! 지금 갔다간 금방 붙잡혀 죽을 걸. 너 혼자 수만 명이나 되는 사람을 상대하려고?"

"내 목숨 따위 아깝지 않다."

"이 미련퉁이야!"

알프리드가 소리를 지르며 자신의 말을 에스텔의 말에 힘차게 부딪쳤다. 기마술을 오랫동안 배운 그녀를 에스텔이 당해낼 수는 없었다. 두 마리의 말이 한데 얽혀 쓰러지고 두 소녀도 땅에 내동댕이쳐졌다. 놀라 말에서 내리려는 아르슬란과 엘람을 나르사스가 제지했다.

"루시타니아 국왕이야 아무래도 상관없지만 말이야, 너는 어느 성에서 끌고 온 환자며 갓난아기들을 지켜야 하는 거 아니었어? 자기 목숨이 아깝지 않다니, 무책임하잖아. 앞뒤 생각을 좀 해! 용기랑 의욕만 있다고 되는 게 아니야!"

알프리드는 마침내 에스텔을 설득했으나, 그것은 드잡이질을 벌이고 땅바닥을 굴러다닌 끝의 일이었다. 에스텔을 일으켜주고 자기 자신보다 먼저 에스텔의 몸이며 머리카락에 묻은 흙과 먼지를 털어준다. 그런 알프리드의 모습에 다륜이 나르사스에게 웃음을 지었다.

"알프리드는 좋은 아가씨일세, 군사 나리."

"나쁜 아가씨라고 생각한 적은 한 번도 없었어, 나는."

"하지만 농담은 관두고, 어떻게 보나. 루시타니아군의 부상자들은 무사할까? 저 수습기사님에게는 안된 일이지만, 나는 그리 생각하지 않네."

"으음. 사실은 나도 그래."

파르스 최고의 용장과 최고의 지장은 씁쓸한 표정으로 서로를 마주 보았다. 히르메스 왕자가 엑바타나를 점거했을 때 성내의 루시타니아인들에게 특별히 관대한 조치를 내렸으리라고는 볼 수 없었던 것이다.

V

8월 8일 밤은 무거운 긴장을 머금고 지나갔다. 새로운 유혈이 전개될 가능성은 매우 컸으나 미발로 그치고 시간은 흘러, 동쪽 지평선에 장밋빛 아침 해가 떠올랐다. 8월 9일이 밝은 것이다.

어제와 같은 핏빛이 아니었는지라 해가 높이 뜰 시간대까지는 청량한 쾌적함이 약속되었다. 세상이 평온하면 이러한 여름 새벽에 파르스의 왕족이니 귀족들은 화살과 검을 들고 수렵원으로 나가 아침 식사 전까지 짧은 시간을 기분 좋은 땀과 함께 보내곤 한다. 아침 식사 접시에 그날 아침의 사냥감이 올라가는 일도 있다. 사슴이 됐든 멧돼지가 됐든, 이를 쓰러뜨린 자가 단검으로 고기를 갈라 나눠주고 참석자들은 그의 솜씨를 칭송하는 것이다. 아직 어린 손으로 사슴 고기를 가르는 히르메스에게 조정 신하들이 칭송하는 말을 건넨다.

"……히르메스 전하의 솜씨는 참으로 훌륭하십니다. 성인이 되시면 파르스 왕국에서 으뜸가는 명검사에 명궁수가 되시지 않겠사옵니까? 참으로 기대되옵니다, 폐하."

"그래, 짐은 참으로 좋은 후계자를 두었지. 이 아이는 15년 후에는 파르스 최고의 용사가 될 걸세."

히르메스의 머리를 쓰다듬는 오스로에스 5세의 시선이 의미심장하게 움직이자, 그곳에는 왕제 안드라고라스의 모습이 있었다…….

히르메스는 눈을 떴다. 어젯밤에는 왕궁의 옥좌에 앉은 채 잠이 들었다. 눈을 뜨자 냉엄한 현실이 그를 기다리고 있었다. 히르메스는 바삐 세수와 아침 식사를 마치고 삼을 불러 몇 가지를 의논했다.

네 개의 성문을 굳게 닫고 지하도에 병력을 배치해 왕궁을 수비한다. 그것만으로도 히르메스의 병력 3만을 거의 다 써야 했다. 성을 지킬 병력은 공격할 병력의 3분의 1 이하면 된다는 것이 병법의 기본 상식이다. 그리 계산한다면 9만 이상의 적군에게도 대항할 수 있을 것이다.

그러나 안드라고라스가 공성군의 선두에 서서 문을 열라고 하면 시민들이 어떻게 반응할지 알 수 없다. 백만에 가까운 시민 전체가 히르메스에게 충성을 맹세한 것은 아니다. 정통 의식이 지나치게 강한 히르메스에게는 불쾌한 일이지만 그것이 사실이었다.

게다가 히르메스가 삼과 의논을 이어나가고 있으려니, 상급 기사 중 한 명이 나타나 기묘한 손님이 찾아왔음을 알렸다.

"후스라브라는 자가 면회를 청하고 있사온데, 어떻게 하시겠나이까."

"후스라브? 모르겠군. 어떤 자이지?"

"그것이, 안드라고라스 왕의 프라마타르(재상)였다 하옵니다만······."

"프라마타르?"

히르메스는 놀랐으나 샤오 안드라고라스 3세의 치세가 안정적이었던 당시 재상이 있었던 것은 당연한 일이다.

"한번 만나보지. 들여보내라."

히르메스는 그렇게 명령했다. 삼이 슬쩍 눈살을 찡그리고 생각에 잠기는 눈치였으나 입 밖으로는 아무 말도 하지 않았다. 히르메스는 금방 손님과 대면했다. 지저분하기는 했지만 비단 옷을 입은 중년 사내였다.

"네가 안드라고라스의 프라마타르였다는 자냐?"

"그, 그렇사옵니다. 히르메스 전하께서 어리셨을 때 궁중에서 몇 번인가 뵌 적이 있나이다. 전하께서는 그 시절부터 무리 중에 으뜸가는 분이셨습지요."

히르메스에게는 그러한 기억이 없었으며, 비굴한 아첨을 듣는 것도 불쾌했다. 그는 조롱하듯 입가를 일그러뜨렸다.

"나는 안드라고라스의 이름을 듣기만 해도 가증스러워 피가 거꾸로 솟는다. 놈의 권력을 지탱했던 놈들에게는 도무지 호의적일 수가 없다만."

"네, 네에. 전하의 진노도 참으로 지당하시옵니다."

"호오, 지당하다고 생각하느냐? 그렇다면 내가 이 자리에서 그대를 단죄해도 원망하지 않겠군."

히르메스는 위협을 해보았지만, 위장이 약하다는 이유로 빈민처럼 말라빠진 재상은 벌벌 떨거나 하진 않았다.

"아니옵니다. 감히 아뢰옵건대 결코 조급하게 행동하지 마시옵소서. 소인이 이렇게 일부러 전하를 뵌 이유는 전하께 도움을 드리고자 하기 때문이옵니다."

"허튼소리."

히르메스는 옥좌에서 다리를 고쳐 꼬며 냉소했다.

"일부러라고 하였느냐? 그럼 안드라고라스의 개였던 네놈을 일부러 살려주어야 할 만한 가치가 어디 있단 말이냐. 말해보라. 나의 뜻을 바꿀 수 있다고 생각한다면."

"소인에게는 지식이 있사옵니다."

"지식이라."

"지난 과거, 전하의 부왕이셨던 분께 어떤 일이 있었는지 소인은 잘 알고 있사옵니다. 세간의 소문 따위 소인이 아는 바에는 도저히 미치지 못하옵지요."

후스라브는 짐짓 입을 다물었다. 그때 이미 히르메스의 표정은 완전히 바뀌었다. 무의식중에 꼬았던 다리를 풀고 옥좌에서 반쯤 몸을 내밀었다.

"부왕께 무슨 일이 있었는지 안다 하였느냐."

"예."

헐떡이는 듯한 히르메스의 물음에 후스라브의 대답은 지극히 간결했다. 그 간결함이 히르메스의 관심을 끈다는 사실을 교활하게 계산하고 있었다. 이를 알면서도 히르메스는 주박에 걸려들었다. 죽인다 해도 후스라브의 입으로 들어야 할 이야기를 들은 다음에 죽여야 한다고 생각했다.

"좋아, 들어주마. 말해보아라."

히르메스의 말에 후스라브는 만족스러운 표정을 지었다. 그러나 느닷없이 표정을 바꾸더니 기괴한 목소리를 지르며 뒤로 펄쩍 물러났다. 놀라운 속도와 민첩함이었다. 머리카락 한 가닥도 안 되는 차이로 그는 목숨을 구했다. 삼이 검을 뽑아 재상에게 달려들었던 것이다. 히르메스가 놀라 소리를 지르며 나무랐다.

"무슨 짓이냐, 삼!"

"전하, 이놈은 프라마타르 후스라브 경이 아니옵니다."

"뭐야……?"

히르메스의 시선을 받아 후스라브는 놀라고 있었다. 아니, 놀라는 시늉을 하며 마르즈반에게 물었다.

"자네는 분명 삼 장군이 아닌가. 자네와 나는 막역한 사이였거늘 어찌 이런 짓을 하는가."

삼은 검을 들고 싸늘하게 대꾸했다.

"분명 프라마타르 후스라브 경과는 막역한 사이다만, 너 같은 놈과는 이제까지 만난 적도 없다."

허점 없는 발놀림으로 재상에게 접근한다.

"내가 기억하는 것은 단 하나. 진짜 후스라브 경이라면 나의 공격을 피할 수 없다는 것이다. 그분은 무예에 소양이 전혀 없었으니."

"……."

"네놈은 누구냐?!"

히르메스가 노성을 터뜨리고 삼은 재차 공격을 가했다. 후스라브는 간신히 이를 피했으나 날카로운 칼끝이 옷 일부를 찢었다. 그러자 괴조가 날개를 퍼덕이는 듯한 소리가 나더니 재상의 윗옷 전체가 허공에 펼쳐지고 바닥에 떨어졌다. 암회색 옷이 히르메스와 삼의 시야를 스치고 넓은 알현실 입구에 사람의 모습이 나타났다. 필살의 참격을 피해 허공을 달리는 동안 허물을 한 겹 벗은 것 같았다. 검푸른 얼굴 한복판에 웃음의 형태로 입이 뚫려 있고 그 틈으로 뾰족한 이가 보였다.

"기껏 파르스 왕가의 비밀을 가르쳐주려 했더니만, 어디서 충신 행세를 하는 훼방꾼이 나타나서는. 존사님께서 야단을 치시겠구나. '군디, 이 어리석은 놈.' 이라고."

"네놈은 그 마도사의 제자였더냐!"

히르메스가 옥좌에서 벌떡 일어나 허리춤의 검에 손을 가져갔다. 왼쪽 눈에 살의가 번뜩였다.

"존사님은 그대에게 은인이었을 텐데? 그런 분을 함부로 부르다니 불경해도 정도가 있지. 뭐, 됐다. 존사님은 황송하게도 그대에게 비밀을 가르쳐주라고 하셨으니까."

"무엇을 알고 있다는 말이냐, 네놈들이!"

"알고 싶은가? 흐흐흐. 알고 싶은가. 카이 호스로의 정통을 이었다고 자칭하시는 분은 호기심이 왕성하시군."

희열에 들뜬 웃음소리가 히르메스의 귀를 통과하여 심장에 닿았다. 희롱당한다는 사실을 충분히 깨닫고 히르메스는 장검을 뽑았다. 후스라브로 둔갑했던 마도사는 긴장은 했으되 표면으로는 이를 드러내지 않았다.

"너무 으르렁대지 말게. 인간 세상에는 모르는 것이

행복한 일도 있으니."

"진짜 후스라브는 어떻게 했느냐?!"

"왕도 함락 직후 객사했지. 국가에 대란이 일어났는데도 평민으로 변장해 왕궁을 도망치려 했던 모양이지만, 루시타니아군의 말발굽에 짓밟혀 고깃덩어리로 변했다네. 딱히 아쉬울 리는 없을 텐데?"

바닥이 울렸다. 삼이 뛰어들어 검을 내리친 것이다. 마도사는 조롱하던 표정을 딱딱하게 굳히며 다시 간신히 죽음을 면했다. 그러나 지저분한 마술을 쓸 틈도 없이 벽까지 몰렸다.

"그만두어라, 삼!"

히르메스가 소리를 지르고 삼의 검은 마도사의 목덜미 바로 앞에서 멈추었다.

"히르메스 전하, 마도에 몸담은 이런 자에게 귀를 기울이셔서는 안 됩니다. 이자의 속셈은 전하의 마음을 어지럽히는 것, 오로지 그뿐이옵니다."

삼의 목소리가 격렬했다.

"오, 오. 또다시 충신 행세로군."

마도사는 겨우 호흡을 가다듬고 기괴한 웃음소리로 나직하게 중얼거리더니 또 다른 검사에게 몸을 돌렸다.

"히르메스 왕자! 이놈의 충신 행세에 속지 않는 게 좋을 걸세. 이놈은, 삼은 안드라고라스에게 서임을 받아

마르즈반이라는 영예로운 자리에 올랐으면서도 지금은 자네를 섬기며 신임을 받고 있지. 변절자일세. 다음에는 그대를 버리고 안드라고라스에게 돌아갈지도 모르는 일일세. 믿지 말게나."

그것은 지저분한 참언讒言이었으며 다른 이의 마음을 부패시키는 독으로 가득했다. 인간과 인간의 신뢰를 산처럼 부식시키는 독언毒言이었다.

히르메스는 심리적인 약점을 찔렸다. 이제까지 삼을 높이 평가하고 그의 충성심과 절개와 장수로서의 재능에 신뢰를 기울였으면서, 정체 모를 마도사의 독언에 동요하고 말았던 것이다. 그것은 자신이나 죽은 아버지나 안드라고라스에 관한 일을 더욱 알고 싶다는 강한 욕구의 반증이 아니었을까.

"삼, 밖으로 나가거라. 이자와 단둘이 이야기하고 싶다."

"전하!"

"내 명령대로 하면 무언가 안 좋은 일이라도 있느냐, 삼."

히르메스는 조바심을 내 말을 고를 수가 없었다. 애초에 그는 지난 17년 동안 자신이야말로 이 세상에서 가장 불행하고 불우하다고 믿어 의심치 않았다. 삼의 내심을 헤아려줄 여유는 없었다.

삼은 검을 칼집에 거두고 묵묵히 고개를 숙인 후 퇴실했다. 포석이 깔린 복도를 걸으며, 고개를 숙이지도, 탄식하지도 않았다. 삼은 자신의 불행과 불우에 젖을 사내가 아니었다. 열 걸음 정도 걸었을 때, 복도 모퉁이에서 잔데가 모습을 나타냈다.

"아, 삼 경. 히르메스 전하께서는 어디 계시오? 드디어 안드라고라스 놈의 군대가 이곳으로 쳐들어오고 있는데."

"그래? 오고 있나?"

삼은 침착하게 고개를 끄덕이고 잔데에게 히르메스가 어디 있는지를 가르쳐주었다.

VI

하루의 휴식을 마치고 안드라고라스가 이끄는 9만여 파르스군은 왕도 엑바타나 동쪽에 육박했다. 아침 햇살을 받아 왕도의 성벽은 엷은 보라색으로 뿌옇게 보였다. 루바이야트(사행시)에서 '대륙의 향기로운 꽃' 이라고 칭송을 받았던 아름다운 도성이지만 성벽으로 다가가면 피 냄새가 코를 찌를 것이다.

"성문은 사방 모두 굳게 닫혔사옵니다. 그리고 성 앞에는 깃발이 높이 걸렸는데, 그것이 아무래도 영웅왕 카이 호스로의 이름을 수놓은 깃발인 듯하옵니다."

정찰병의 보고를 듣고 관심을 보인 마르즈반 키슈바드는 애마를 몰아 성벽에 다가갔다. 애꾸눈 쿠바드가 동행했다. 두 사람 모두 대담했으나 성내의 군대가 문을 열고 튀어나올 리는 없다는 확신도 있었다. 성문 앞에 펄럭이는 삼각기를 1아마지(약 250미터) 거리에서 바라보았다.

"히르메스 왕자의 군대로군."

"그렇겠지."

카이 호스로의 군기를 성문 앞에 걸어놓았으면서 샤오의 군대에게 성문을 닫았다. 왕태자 아르슬란의 군대라면 있을 수 없는 행동이다. 아르슬란의 성격에도 어긋나며 군사 나르사스의 책략이라고도 여겨지지 않았다. 그렇다면 샤오의 군대보다 앞에 있을 왕태자의 군대는 지금 어디에 있는 것일까.

"나 원, 아무래도 마르즈반끼리 검을 들이대야 할 것 같구만."

"그게 무슨 뜻인가, 쿠바드 경."

"히르메스 왕자의 군대에는 삼이 있거든."

"삼 경이?!"

키슈바드는 목소리를 삼키고, 쿠바드는 언짢은 표정으로 입에 문 풀잎을 질근질근 씹었다. 성벽 위에 까맣고 조그만 사람 모습이 꿈틀거렸다. 2기만으로 성에 접근한 자를 수상쩍게 여긴 것이리라.

"이런저런 사정이 있겠지만 샤오께서 보기에 삼은 배신자잖아. 무조건 죽이라고 할 텐데."

"삼 경은 죽이기에는 아까운 사나이일세."

"동감이야."

쿠바드는 풀잎을 내뱉고는 아침 햇살에 한쪽 눈을 가늘게 떴다.

"하지만 삼 본인은 아무래도 죽고 싶은 것 같거든, 내가 보기엔. 아트로파테네에서 패배한 후로 그 친구는 살아남겠다는 생각을 하루도 해본 적이 없는 것 아닐지."

키슈바드가 대답하지 못하고 있으려니 쿠바드는 두툼한 턱을 한 번 쓰다듬으며 너스레를 떨었다.

"나는 싸움을 좋아하지만 음습한 싸움은 싫어. 이번에는 낮잠이나 자고 있을 테니 공성은 자네가 맡아줘."

쿠바드가 기수를 돌려버리는 바람에 키슈바드는 그와 나란히 서며 항의했다.

"삼 경과 칼을 마주 대다니, 나도 사양하고 싶네. 애초에 쿠바드 경 자네는 무슨 귀찮은 일만 생기면 늘 나이도 어린 나에게 떠넘기지 않나. 너무 뻔뻔한 것 아닌가?"

"그야 자네에게 경의를 표해서 그런 거지. 애초에 나

한테 고생이니 노력이 어울린다고 생각해?"

"어울리고 말고의 문제가 아닐 텐데."

"아니. 역시 사람은 각자 분수에 맞게 살아가야 해. 고생은 자네에게 양보하지."

이때 성벽 위에서 후둑후둑 화살이 날아왔지만 두 용장의 그림자도 건드리지 못했다.

쿠바드와 키슈바드가 진영으로 돌아갔을 때, 그들의 주군이자 파르스 전군을 친솔親率하는 인물은 본진의 천막 안에 갑주를 걸친 차림으로 앉아 있었다.

"왕도를 탈환하겠다. 루시타니아에게서도, 반역자에게서도."

안드라고라스의 목소리가 천막 안에 흘렀다. 혼잣말은 아니었다. 아침 햇살이 차단되어 천막 안은 어두웠다. 그 안에 또 한 사람이 있었다. 무장도 하지 않고, 서늘한 얇은 비단옷을 걸치고, 베일을 뒤집어쓰고 있었다. 그러나 그 부드러운 팔다리는 샤오의 목소리를 튕겨내고 딱딱한 침묵을 풍겼다.

"타흐미네."

이름을 부른 후로 안드라고라스도 침묵에 잠겼다. 말의 무력함을 실감했기 때문인지 어떤지는 알 수 없다. 그 침묵을 깨뜨린 것은 천막 밖에서 조심스레 말을 건 종자의 목소리였으며, 장군들이 지시를 바란다는 말을 전했다.

여기에는 대답하지 않고 샤오는 왕비에게 말했다.

"모든 것은 왕도에 입성한 후부터요, 타흐미네. 이 사실에 가담한 모든 이가 상처에 소금물을 바르게 될 날이 시시각각 다가오고 있소. 광대 역할을 맡았던 루시타니아군이 퇴장해도 좀처럼 희극의 막은 내리지 않는구려."

"소첩에게는 희극이 아니옵니다."

겨울철 사막을 방불케 하는 메마른 냉혹함으로 왕비 타흐미네는 남편인 샤오의 말을 부정했다. 베일에 에워싸여 표정은 불분명했다. 안드라고라스는 철갑을 두른 두꺼운 어깨를 으쓱했다.

"그렇소? 그대도 웃을 수밖에 없으리라고 생각했소만. 바다흐샨 공국의 멸망과 함께 그대의 눈물샘도 말라버렸다 하지 않았는지. 울지 못하면 웃을 수밖에 없을 터인데."

소리 높여 갑주를 울리며 일어나더니 안드라고라스는 큰 걸음으로 천막을 나갔다. 한순간 천막 안에 여름 햇살이 들어와 지상에 하얗게 빛나는 직사각형이 떠올랐다. 그것이 사라지자 천막 안은 원래대로 어두워졌다.

천막 밖으로 나온 안드라고라스는 키슈바드, 쿠바드, 투스, 이스판을 비롯한 유력한 장군들을 소집해 엑바타나 성내에서 농성 중인 반역자들을 모조리 쳐서 없애도록 새로이 명령을 내렸다.

이리하여 파르스력 321년 8월 9일은 수많은 사람들에게, 이제까지 겪었던 것 중에서 가장 긴 하루가 되었다.

제3장 아트로파테네 재결전

I

  이글거리는 열기가 무수한 파도가 되어 대지를 두드려 초목은 죽어버린 것처럼 보였다. 정확하게 말하자면 그들은 잠든 것이며, 무자비한 여름 햇살이 활동을 그친 다음 부드러운 밤의 손길에 보호를 받으며 생기를 되찾는다.

  이러한 혹서의 계절이면 여행자들도 낮에 행동을 피한다. 낮이면 여관에서 자고 밤에 여행하는 것이다. 도적들에게 습격당하지 않도록 여러 카라반이 모여 천 명 단위의 대집단을 이루어 시원한 밤에 길을 떠난다. 평화로운 시대의 지혜였다. 그러나 난세가 찾아오면 피어나는 열기 속에서 말을 타고 여행을 하는 괴짜 2인조도 나타난다.

파르스인 자라반트와 투란인 짐사였다. 현재 지상에서 함께 행동하는 파르스인과 투란인은 이들 둘뿐이었다. 그들은 안드라고라스의 진영을 떠나, 예정으로는 이미 왕태자 아르슬란의 군대와 합류했어야 했다. 그러나 실제로는 아직까지 왕태자를 만나지 못해 허무하게 여행만을 계속하고 있었다.

그들이 지리에 밝아, 어딘가 한 곳에 머물면서 끈덕지게 왕태자군을 기다렸더라면 이미 목적을 이루었을 것이다. 그러나 두 사람 모두 성질이 급한 편이라 가만히 한 곳에서 기다릴 수는 없었다. 이곳저곳 돌아다니다가 결과적으로는 어디선가 엇갈려버렸던 것이다.

짐사는 투란인이었으므로 파르스의 지리에는 당연히 밝지 못하다. 자라반트는 파르스인이지만 동부 지방 출신이라 왕도 엑바타나 부근에서 서쪽으로 넘어가면 거의 알지 못한다. 가도를 가는 여행자도 평화로운 세상에 비해 수가 줄어 길을 묻기도 힘들었다. 그리고 루시타니아군이나 안드라고라스 왕의 파르스군이 다가오면 황급히 몸을 숨겨야만 했다. 그런 온갖 조건이 겹쳐져 그들은 오랫동안 떠돌게 되었다. 자라반트가 탄식했다.

"아아, 재미없는 여행이로군. 아름다운 처녀와 동행한

다면 모를까, 왜 자네 같은 후덥지근한 자와 이런 불모의 땅을 떠돌아다녀야 하는지."

"그건 내가 하고 싶은 말일세. 이 여행에 운이 따르지 않는 이유는 자네에게 악운이 달라붙어 있기 때문이 아닐까."

"무슨 소리를. 나에게 달라붙은 악운이라면 내 눈앞에 있는 작자겠지. 남 탓으로 돌리지 말게."

말의 걸음을 옮기며 비우호적인 대화를 나누는 두 사람이었다. 보통 이 정도면 발끈해 검을 뽑아 들 판이었지만 이제까지 실망을 거듭했으므로 두 사람 모두 다소 생기가 없었다. 그들은 용사라 불리기에 충분한 전사였으며 적과 칼날을 마주하는 것도 두려워하지 않았다. 그러나 이런 곳에서 동행을 잃고 혼자만 남는 것은 묘하게 불안하기도 했다. 따라서 서로 험담을 퍼부어대면서도 그들은 나란히 여행을 계속해야만 했다.

그래도 한계는 있다. 의욕은 매일같이 솟아나더라도 여비가 얼마 남지 않았다. 짐사는 파르스 통화 따위 가지고 있지 않았으므로 자라반트가 2인분 여비를 계속 지출해야만 했다. 만일 짐사가 자라반트보다 대식가였다면 아마 싸움의 씨앗이 되었을 것이다.

그들이 기묘한 광경과 맞닥뜨린 것은 8월 9일, 해가 서쪽으로 기울어졌을 무렵이었다. 두 사람은 터덜터덜

북서쪽으로 걸어가는 지저분한 사내들의 무리를 발견했다. 그것도 수천 명은 될 만한 숫자였다. 바닥에 쓰러지거나 주저앉아 낙오하는 자도 있었으며 이미 죽은 사람도 보였다. 땅바닥에 버려진 갑주나 군기를 통해 그들이 루시타니아군임을 알 수 있었다.

그렇게 되면 젊으면서도 전장 경험이 풍부한 두 사람에게는 이것저것 보이는 것이 있다.

"그렇다면 파르스군과 루시타니아군 사이에 큰 전투가 있었고, 루시타니아군이 패했나 보군."

그렇게 간파했다. 간파하고, 특히 분하게 여겼던 것이 자라반트였다.

"쯧, 내 손에 1000기만 있었어도 야습해서 저것들을 휘저어버렸을 텐데. 아무리 그래도 2기만 가지곤 아무것도 못 하잖나."

그러자 짐사가 슬쩍 손을 가로저었다.

"아니, 그렇게 비관할 것도 없네. 루시타니아군의 모습을 잘 관찰해두면 나중에 도움이 될 수도 있을 걸세."

"하긴, 저렇게나 질서가 없는 상태라면 우리를 알아차리지도 못하겠지."

파르스와 투란 두 나라의 젊은 기사는 지친 말을 달래가며 루시타니아군에게 다가갔다. 무언가 공적을 세워 왕태자와 재회할 수 있다면 좋겠다는 생각이었다.

루시타니아군의 절반은 무기도 말도 갑주도 없는 떠돌이 무리로 전락했다. 지치고 굶주리고 갈증에 시달려, 격렬한 태양 밑에 주저앉아 움직이지 못하게 되는 꼴이었다. 굶주림을 달래고자 쓰러진 말의 살점을 손톱으로 뜯어내 익히지도 않은 채 허겁지겁 먹고, 그 날고기를 차지하기 위해 전우와 주먹다짐을 벌였다.

　그러나 루시타니아군의 나머지 절반은 간신히 아직 군대의 형태를 유지하고 있었다. 총수 기스카르 공작은 건재했으며, 실전책임자 몽페라토 장군도 무사했다. 그들이 아트로파테네에 도착해서 진영을 재편성한 것은 어제였다.

　기스카르는 이곳에 포진하고 군을 재편할 생각이었다. 그동안 파르스군끼리 싸워 공멸하면 경사스러운 일이리라. 물론 그렇게 되기는 쉽지 않겠지만, 어차피 군을 재편해야만 했으며 그러기 위한 시간이 필요했다.

　"이곳은 아트로파테네다. 작년 가을에 우리 루시타니아군은 이곳에서 이교도의 대군을 격멸해 신의 영광을 지상에 빛냈다. 아직도 기억에 생생한 곳이다. 이곳을 근거지로 삼아 한때의 승리에 기고만장한 이교도 놈들에게 신의 철퇴를 내려주자."

　사실 루시타니아군은 아트로파테네에서 승리하고 왕도 엑바타나를 점령한 후로 한 번도 이긴 적이 없었다.

몽페라토 장군의 말을 빌자면 이랬다.

"한 번의 승리로 얻은 성과를 잇따른 패배로 좀먹고 있군."

그것은 반대로 말하자면 아트로파테네 회전이 루시타니아군에게 얼마나 거대한 것을 가져다주었는지 알 수 있었다. 덕분에 그 후 몇 번을 패배해도 루시타니아군에게는 여력이 남았다.

그러나 그것도 이번으로 끝이 난다.

기스카르는 이곳에서 물러날 수 없었다. 이곳을 잃으면 파르스의 경계에서 밀려나 북서쪽 마르얌 왕국으로 도망쳐야만 한다. 마르얌은 작년 이후 루시타니아인이 지배하고 있다. 다만 현재의 지도자는 총대주교 보댕이었다. 기스카르에게는 절대로 받아들일 수 없는 정적政敵이다. 패배한 기스카르가 마르얌으로 도망친다면 신과 성직자를 거역한 벌이라며 손뼉을 치고 기뻐한 다음 체포해 어딘가 성새나 수도원에 유폐시켜버릴 것이다. 아니, 무언가 죄를 날조해 죽일지도 모르는 일이다.

그렇게 될까 보냐고 기스카르는 생각했다. 이곳 아트로파테네에서 시간을 벌어 파르스군의 내분과 자멸을 기다렸다가 마지막 반격에 나서리라.

반격에 필요치 않은 것은 모조리 버릴 것이다. 약한 병사는 필요 없다. 애초에 식량 여유도 없다.

타는 듯한 더위 속에 쓰러져가는 탈락자들을 기스카르는 내쳐버렸다. 살아서 아트로파테네 본진까지 도착한 자만을 받아들이고 물과 음식과 무기를 주었다. 말 그대로 생사를 가늠하는 방식으로 기스카르는 거의 10만 병사를 다시 모았다. 그의 생각으로는 이것도 아직 많았다. 5만까지 추려내서 진정한 정예들로 엄선하고 싶었다.

본진에서 기스카르가 완전히 뜨뜻해진 나비드를 맛없게 홀짝이고 있으려니 천막 밖에서 다급한 사람 목소리와 소음이 들렸다. 칼 부딪치는 소리까지 들려 혹시 모반이라도 일어났나 싶어 기스카르는 긴장했으나, 숙영하던 기사의 보고가 그 생각을 부정했다.

이는 정찰을 계속하다가 너무 깊이 들어왔던 자라반트가 루시타니아 병사에게 들켰던 것이었다.

황급히 도망치며 짐사가 안장 위에서 혀를 찼다.

"이게 무슨 꼴인가, 파르스인."

"아니, 들킬 생각은 없었는데."

"당연하지. 누가 들킬 생각으로 들키기를 바라고 들키겠나!"

짐사는 고함을 질렀으나 외국인이다 보니 흥분하면 파르스어가 약간 이상해졌다. 귀찮아져 그는 투란어로 외쳤다.

"이 얼뜨기야!!"

루시타니아 기사들 중 우연히 투란어를 알아듣는 자가 있어서, 놀라고 불안해져 이를 몽페라토에게 보고했다.

"투란군이 쳐들어온 것일지도 모릅니다. 주의하십시오."

몽페라토가 질타했다.

"허튼소리! 투란군이 이런 서쪽까지 진출할 리가 없지 않느냐. 현혹되지 말고 추격하라!"

몽페라토의 판단은 옳았다. 아트로파테네 평원에 투란군은 없었다. 있었던 것은 파르스군이었다. 아르슬란이 이끄는 2만 5천은 이때 루시타니아군의 본영에서 4파르상(약 20킬로미터) 거리까지 다가왔다.

II

도망치며 자라반트와 짐사는 합계 여덟 명 정도의 적을 베어 쓰러뜨렸다. 짐사는 주특기인 바람총을 쓰지 않았다. 이런 곳에서 귀중한 무기를 낭비할 수는 없었다. 날아드는 칼날을 튕겨내고 오랜 여행에 지친 말을 격려하며 질주했다.

그러던 중 전방에서 모래 먼지가 피어나더니 황갈색 저녁 태양을 향해 쇄도하는 기마의 그림자가 나타났다.

한순간 짐사도 자라반트도 간이 철렁했지만, 달려드는 그림자의 선두에 선 1기가 한층 시커먼 그림자를 가까이 접근시키더니 의아한 투로 물었다.

"자라반트 경 아닌가?"

"오오, 다륜 경! 희한한 곳에서 뵙는군. 왕태자 전하께서는 건재하시오?"

회포를 풀기 전에 해야 할 일이 있었다. 다륜은 좌우의 병사들에게 손짓해 자루 입구를 닫아놓은 듯한 형태로 진형을 좁히고 루시타니아군을 압박했다. 지극히 짧지만 격렬한 소전투 끝에 루시타니아군은 40명, 파르스군은 6명을 잃고 각자 병사를 물리게 되었다.

공격당해 숫자가 줄어 돌아온 루시타니아군의 보고는 총수인 왕제를 놀라게 했다.

"그렇구나, 왕태자 아르슬란의 군대가 있었지……!"

기스카르 공작은 신음했다. 아르슬란의 존재를 그는 까맣게 잊고 있었다. 실수라면 실수였다. 그러나 인간의 사고력에도 한계는 있는 법. 아무리 정력적인 기스카르라 해도 안드라고라스 왕과 히르메스 왕자 생각만으로 머리가 가득했던 것이다. 아르슬란의 군대가 접근한다는 사실은 알았지만 그것이 독립된 움직임인지, 샤오와 연동하는 것인지까지는 알 수 없었다.

이때 아르슬란의 파르스군은 2만 5천. 기스카르의 루

시타니아군은 거의 10만이었다. 정면에서 싸운다면 루시타니아군이 패배할 리는 없었다. 다만 루시타니아군은 파르스군의 총병력을 알지 못한다. 게다가 요즘은 패배가 버릇처럼 되어, 전투 중에 조금이라도 불리한 상황이 벌어지면 갈팡질팡해 대열을 무너뜨리고 도주할지도 모른다. 그런 점이 참으로 불안했다.

"아무튼 이제까지는 쓸데없는 배려와 계산을 지나치게 많이 했다. 일단은 눈앞의 파르스군을 때려눕힐 생각만 하자."

결심을 굳히고 기스카르는 몽페라토 장군 외의 유력한 기사들을 불러 이런저런 지시를 내렸다. 우선 2만 병력을 할애해 후방의 병량과 재물을 지키게 했다. 파르스 왕궁에서 가지고 나온 막대한 재물은 절대 남에게 넘겨줄 수 없는 것이었다. 그리고 나머지 8만 병사를 신중하게 배치해 방책을 만들게 하고 진지를 다져 파르스군을 기다렸다.

한편 파르스군은.

아르슬란은 그렇다 쳐도 작전 최고책임자인 나르사스의 의도는 기스카르보다도 약간 탐욕스러웠다.

이 전투의 의의는 두 가지였다. 하나는 순수하게 루시타니아군을 격파하여 파르스 최대 최악의 외적을 없애는 것. 그리고 또 하나는 거기에 따르는 정략적인 효과를 얻는 것이었다. 안드라고라스 왕과 히르메스 왕자가 파르스군끼리 왕도의 지배권을 놓고 다투는 동안 아르슬란 왕자가 루시타니아군을 쳐부숴, 진정으로 파르스국을 침략자의 손에서 해방한 자는 아르슬란이라는 사실을 만천하에 알리는 것이다. 그래야 비로소 아르슬란의 처지도 발언권도 강화될 것이다.

나르사스는 루시타니아군의 인원을 거의 정확하게 파악했다. 짐사와 자라반트의 정찰에 탈락자나 사망자 수, 남은 병량의 양 등을 계산하면 거의 10만이라는 인원이 되었다.

여기서 한 가지 포석이 효과를 발휘했다.

얼마 전 기스카르는 안드라고라스와 정면으로 싸울 때 후방에 쌓아두었던 병량을 아르슬란의 군대에게 잃고 말았다. 이번 전투에서도 같은 일을 되풀이할 수는 없을 테니 남은 병량을 지키기 위해서는 상당히 많은 병력을 할애해야 할 것이다. 다시 말해 실전에 투입된 루시타니아군의 병력은 그만큼 줄어드는 셈이다. 나르사스는 이를 8만 정도로 예측했다.

여기서 나르사스의 가공할 점은 아군 병력이 적다는 사실을 역으로 이용해 무기로 삼으려 했다는 사실이었다. 파르스군의 병력은 아무리 봐도 너무 적다, 어딘가 수많은 복병을 숨겨두지 않았을까, 그렇게 루시타니아군이 의혹을 품게 만들어 병력을 일제히 투입하기를 망설이도록 만들려는 것이었다.

자라반트와 짐사는 왕태자 및 일행과 재회했다. 아르슬란이 기뻐하며 그들의 손을 잡은 것은 물론이었다. 자라반트는 과거 자스완트와 싸웠을 때 그를 '검둥개'라 매도했지만, 그 점을 정식으로 사죄하고 앞으로는 왕태자 진영의 선배로서 대접할 테니 용서해 달라고 고개를 숙였다.

이렇게 나오면 자스완트도 언제까지고 과거에 집착할 수는 없다. 자라반트 자신도 짐사에게 독화살로 부상을 입었던 사실을 훌훌 털었으므로 자스완트는 그 태도를 본받기로 했다. 이리하여 자스완트와 자라반트는 화해했다.

짐사는 어떤가 하면, 왕태자의 부장部將으로 채용된 후 다룬과 나르사스에게 다음과 같은 말을 했다.

"나는 투란으로 돌아갈 수도 없어 하늘과 땅 사이에 몸 둘 곳이 없다. 아르슬란 전하의 힘이 강해지면 내가 있을 곳도 넓어지겠지. 다시 말해 나는 나를 위해 전하를 섬길 생각이다."

이것은 솔직한 발언이었지만 동시에 다소 삐딱하게 보이기도 했다. 게다가 짐사는 이렇게도 말했다.

"나는 파르스인이 아니니, 파르스에도, 궁정 사정에도

무엇 하나 얽매일 것이 없다. 그 사실이 유리하게 작용할 수도 있으니, 내가 도움이 된다고 생각할 때는 사양 말고 말해다오."

그러자 나르사스가 목소리를 낮추려고도 하지 않고 대꾸했다.

"그건 안드라고라스 폐하를 암살하라는 소리인가?"

다륜의 강한 시선에 짐사는 내심 안절부절못했다.

"그렇다. 왕태자 전하의 명령이라면. 아무리 생각해도 그 왕은 왕태자에게 방해만 되지 않겠는가."

"전하는 그런 명령을 내리시지 않을 걸세. 그렇게 생각하지 않나, 그대는? 이제까지 전하의 인품을 보았을 텐데. 그 점을 모르겠나?"

"아니, 알고 있다."

마지못해 짐사는 고개를 끄덕였다.

"그러한 수단을 취할 분이 아님은 나에 대한 태도를 봐도 알 수 있지. 그러나 아무래도 안타깝단 말이지."

바로 얼마 전 투란 지농(친왕親王) 일테리시는 카간(국왕) 토크타미시를 자신의 손으로 시해하고 왕위를 빼앗았다. 짐사에게는 그것이 당연했다.

"아르슬란 전하는 혹시 바보가 아닌가?"

짐사가 목소리를 높였다. 아르슬란을 욕한 것이 아니라 그의 파르스어 표현력으로는 그렇게밖에 말할 수 없었다.

"그러니까, 올바른 일만 해서 왕권을 쥘 수 있다고, 그렇게 생각하는 것은 아닌가? 아무래도 그런 기분이 든다. 그분은, 그 뭐냐, 뭐라고 하나⋯⋯."

"투란에서는 그렇게는 안 된다고?"

"그렇다. 아르슬란 전하 같은 분은 이미 목숨을 잃고 묘도 어디 있는지 모를 것이다."

"한데 파르스에서는 사정이 조금 달라진다네."

나르사스는 짐사의 표현을 재미있어했다. 다륜은 말 없이 짐사를 노려보고만 있었다. 전하가 바보냐고 말했을 때 흑의기사는 하마터면 장검을 뽑을 뻔했다. 짐사의 파르스어 표현력으로는 그렇게밖에 말할 수 없다는 사실을 잘 안다. 그래도 역시 순간적으로 발끈해버렸던 것이다.

짐사는 화제를 바꾸었다. 지금 루시타니아군과 싸워 이길 수 있겠느냐고 나르사스에게 물었다.

"아군은 2만 5천이라는데, 내가 보기에 적은 10만은 된다."

"10만이 전부 싸우게 하진 않을 걸세."

나르사스는 슬쩍 웃으며 대답했고, 짐사는 이국의 군사가 보여준 은근한 자신감을 신뢰할 수밖에 없었다.

한편 투란인에게서 바보가 아니냐는 말을 들은 왕태자

아르슬란은 무엇을 하고 있었을까. 애초부터 나르사스에게 전면적인 신뢰를 기울이고 있었다. 아르슬란은 나르사스의 재능을 의심하느니 차라리 태양이 네모지다는 말을 믿을 것이다.

남쪽의 항구도시 길란을 출발한 후로 아르슬란은 반쯤 무아지경이 되어 행동했다. 부왕인 안드라고라스 왕이나 사촌형인 히르메스 왕자가 무슨 생각을 하고 무엇을 하려는지 마음에 걸리기도 했지만, 그럴 때마다 당장은 고민해봤자 소용이 없다고 생각했다. 더위가 싫다 해도 여름은 오고, 추위를 싫어해도 겨울은 오는 법. 언젠가 반드시 자신의 운명과 대립해야만 할 때가 오리라. 그때까지는 눈앞의 적만을 바라보자. 루시타니아군을.

이리하여 하루가 지나 8월 11일. 양군은 전투의 조짐이 완전히 무르익었다고 판단했다.

그렇게 제2차 아트로파테네 회전이 시작되었다.

III

청량한 밤의 마지막 기운이 가시고 기온은 새가 날아다닐 때마다 상승하기 시작했다. 전방을 정찰하러 갔던 엘람과 알프리드가 뛰어 돌아왔다. 말을 다독이며 엘람이 보고했다.

"루시타니아군 기병이 돌진하고 있습니다! 수는 5천!"

"3천이야."

알프리드가 엘람의 숫자를 정정했다. 엘람은 발끈해 알프리드를 노려보았다. 고개를 끄덕인 나르사스는 왕태자 아르슬란에게 진언했다.

"기병 4천이 돌진 중이라는군요. 숫자로 보건대 첫 탐색전일 겁니다. 당초 예정대로 해도 좋을 줄 압니다."

"알았네."

아르슬란은 고개를 끄덕였다. 그가 한 손을 들자 군기를 들고 있던 자스완트가 이를 휘둘렀다. 갑주 소리가 질서 정연하게 이동하기 시작하더니 빛의 파도가 소리도 없이 들판을 메워나갔다. 전진이 아닌 후퇴가 시작되었다. 루시타니아군이 달려온 만큼 파르스군은 물러난 것이다.

4천 기의 루시타니아군은 아무에게도 방해받지 않은 채 기복이 풍부한 아트로파테네 평원 위를 돌진했다. 파르스군은 썰물이 빠져나가듯 더욱 물러났다. 이는 완벽하게 계산된 작전행동이었으며 마치 모든 병사가 보이지 않는 실에 이끌려 움직이는 것 같았다.

"아무래도 이상하군. 반응이 너무 없어."

루시타니아군은 불안해졌다. 부대를 지휘하는 자는

스포르차, 브라만테, 몬테세코 등의 기사들이었다. 그들은 매우 용감하며 전투에도 익숙했다. 파르스군이 얼마나 강한지도 잘 알았다. 이만큼 반응이 없으면 파르스군에게 무언가 꿍꿍이가 있는 것이 분명하다고 볼 수밖에 없었다.

뒤를 돌아보면 어느덧 아군 본진에서 한참 멀어지고 말았다. 돌진한 것은 좋지만 이래서는 고립되고 만다. 말의 발을 조금 늦추어야 할까. 그런 생각을 하기 시작했을 때 느닷없이 흉보가 날아들었다. 허를 찔리기는커녕 파르스군의 기마대가 그들의 후방으로 돌아 들어오고 있다는 소식이었다.

"이런, 퇴로를 차단당하겠다!"

"돌아가라! 아군과 합류한다!"

황급히 기수를 돌리려 했을 때 좌우에서 요란한 함성이 일어났다. 루시타니아군의 대열이 흐트러졌다. 돈점박이 말과 함께 허공을 박차는 음악적인 목소리가 낭랑하게 울려 퍼진 것이다.

"아니, 루시타니아의 용자들이여. 이교도들을 지상에서 일소하고자 돌진하셨던 것이 아니었던가? 한 번 싸우지도 않고 돌아가시다니, 냉담한 것도 정도가 있다네."

새까만 비단 같은 머리카락이 여름 햇살에 빛났다. 미스라 신을 섬기는 카히나 파랑기스였다. 술렁거린 루시타니아 기사 몇 명이 기수를 돌려 쇄도하려 했다.

파랑기스가 화살을 쏘았다. 은색 선이 열풍을 가르고 피할 도리도 없는 속도로 루시타니아 기사에게 명중했다. 투구와 갑옷의 이음매를 꿰뚫려 기사는 말 위에서 공중제비를 돌며 낙마했다. 인간과 갑주의 무게에서 해방된 말은 미친 듯이 달려나갔다.

첫 전사자가 나온 것과 함께 상황은 갑작스럽게 변화해 정靜에서 동動을 향해 급속히 밀려 들어갔다.

"병졸들은 비키시게. 주장의 목만을 바라고 왔으니."

파랑기스의 손에 이번에는 가느다란 장검이 번뜩였다.

검이라기보다는 빛의 채찍을 휘두르는 것 같았다. 무거운 전투도끼를 쳐든 기사는 이를 내리쳤을 때 이미 숨진 후였다. 그녀의 주위에서도 우아함에서는 꿀려도 격렬함으로는 필적할 만한 싸움이 펼쳐졌다. 검이 방패에 파고들고 창이 갑주를 꿰뚫었으며 베인 상처에서는 피가 솟아났다. 노성과 비명이 뒤섞이고 메마른 대지는 인마의 피로 목을 축였다. 시체와 시체가 입은 갑주로 언덕은 높이를 더해나가는 것 같았다.

한편 루시타니아군의 본진에서는.

"선발 4천 기가 고전하고 있습니다."

몽페라토의 보고에 기스카르는 목소리에 조바심을 담아 외쳤다.

"고전하는 것은 나도 안다! 파르스군의 진용은 어떤가. 두텁던가, 얇던가."

"그것이, 잘 알 수가 없습니다."

몽페라토 또한 그 점을 마음에 두고 있었으나 파르스군의 움직임은 유연하여 루시타니아군의 움직임을 교묘히 가로막고 자신들의 진용을 감추었던 것이다.

"비단처럼 부드럽되 거머리처럼 달라붙지 말라."

그것이 나르사스의 지시였으며, 파랑기스는 그대로 실행해냈다. 참고로 나르사스의 지시를 들은 기이브는 '미녀의 가슴처럼 부드럽되 달콤한 입술처럼 달라붙지 말라'고 자기 식으로 고쳐 말했다.

아무튼 초전에서 루시타니아군의 전초부대는 파르스군의 교묘한 반격을 받아 순식간에 병력이 깎여나갔다. 말을 몰아 다시 전방을 정찰하러 나갔다 온 알프리드가 약간 다급하게 돌아와 나르사스에게 보고했다.

"루시타니아 본대가 전진하고 있어!"

실제로 루시타니아군의 본대가 움직이기 시작했다. 고립된 전열 4천 기를 죽게 내버려둘 수는 없었던 것이다. 기병과 보병을 합쳐 7만 6천의 대군이 기복이 풍부한 구릉을 메우며 전진하기 시작했다. 한여름 햇빛을 받아 빛나는 갑주의 무리가 네 줄기의 넓은 강이 되어 움직이고 있었다. 거대한 강철의 뱀이 기어오는 것 같았다.

"좋아, 예측대로로군."

나르사스는 중얼거렸다. 루시타니아군이 대군임은 잘 알았다. 그 대군의 병력을 살리지 못한 채 패퇴로 몰아넣는 것이 나르사스의 기본 작전이었다. 루시타니아군의 강철 뱀은 금세 이 세상에서 가장 강건한 방벽에 전진을 가로막혔다.

갑작스러운 일이었다. 루시타니아 병사들은 흠칫 숨을 멈추었다. 전방의 매끄러운 능선 위에 파르스군의 갑주가 은색 벽이 되어 가로막고 섰던 것이다. 루시타니아군의 경악이 가라앉기도 전에 다룬의 명령이 쩌렁쩌렁 울려 퍼졌다.

"떨어뜨려라!"

다음 순간, 루시타니아군의 머리 위로 크고 작은 돌과 모래가 소리를 내며 쏟아졌다. 100대가 넘는 투석차가 일제히 쏘아 보낸 것들이었다. 루시타니아 병사들은 돌에 맞고 모래를 뒤집어써서 노성과 비명을 지르며 경사면에서 미끄러져 떨어졌다. 뭉게뭉게 모래 먼지가 피어나 루시타니아 병사들의 시야를 가로막았다. 눈과 코와 목이 상해 병사들은 기침을 하고 눈물을 흘리며 괴로워했다.

"무슨 일이냐, 저것이."

루시타니아군 본진에서 기스카르는 아연실색해 중얼거렸다. 한편 파르스군 본진에서는 한 루시타니아인이 사정을 다 알고 안절부절못했다.

수습기사 에투알, 본명을 에스텔이라고 하는 루시타니아 소녀에게는 상황도 심정도 복잡하기 그지없었다. 그녀는 자기 발로 파르스군의 본진에 갔지만 원래 그녀가 있어야 할 곳은 파르스와 적대하는 진영이었다. 그러나 지금 에스텔은 이교도들 속에서 왕태자의 손님 대접을 받고 있었다. 에스텔 자신은 떳떳했으나 다른 이들은 배교자로밖에 여기지 않으리라.

남들이 무어라 생각하든 그것은 상관이 없었다. 상관이 있는 부분은 그녀와 같은 나라 사람들이 죽어간다는 점이었다. 물론 일방적으로 죽는 것은 아니고 이교도들도 죽고 있다. 모국에 있을 무렵 에스텔에게 세상의 구조는 단순했다. 올바른 이알다바오트 교도와 사악한 이교도. 그저 그것만으로 구별하면 그만이었다.

한데 파르스군에 있는 외국인 중에도 세상을 꽤 단순하게 갈라놓고 보는 사람이 있었다. 투란인 짐사였다.

짐사는 새로운 주군과 동료들에게 자신이 도움이 되는 사내임을 보여주어야만 했다. 그렇지 않고서는 외국인이 파르스인의 부대를 지휘하는 일은 불가능할 것이다.

젊은 투란의 용장은 루시타니아 진영으로 몇 번이나

무모할 만큼 격렬하게 돌진해 그때마다 기사들을 베고는 돌아왔다. 몬테세코 경도 그의 칼날에 목숨을 잃었다. 파르스인에게도 루시타니아인에게도 그는 사양할 줄 몰랐다. 짐사는 무엇보다도 자신이 살기 편한 상황을 만들고자 아르슬란 왕자를 위해 싸우고 있었다. 쓸데없는 생각으로 고민할 필요는 없었다.

IV

조트 족장 헤이르타슈의 아들 메르레인은 왕태자의 본진 전방에서 혼자 말을 타고 서 있었다.

자신이 처한 상황에 불만은 있지만 메르레인은 겁쟁이라 손가락질을 당하고 싶지는 않았다. 어쨌든 싸울 생대는 침략자인 루시타니아군이다. 파르스의 신들도 용전을 가상히 여겨주리라.

그래서 메르레인은 활시위에 화살을 메기면서 날카로운 시선으로 사냥감을 찾았다. 그가 발견한 것은 지금막 파르스군의 진열에 화살을 쏘려던 적병이었다. 메르레인은 한순간의 망설임도 없이 조준하고 화살을 날렸다.

화살은 루시타니아 병사의 활을 스치고 활을 당기던 팔 밑으로 파고들어 왼쪽 겨드랑이에 깊이 박혔다. 활과 화살이 서로 다른 방향으로 호를 그리며 날아가고 그 주인은 허공을 박차며 바로 아래로 떨어졌다.

의외로 적이 가까운 곳에 있음을 알고 왕태자의 측근들은 위험을 느꼈다. 자스완트가 소리쳤다.

"전하, 물러나십시오. 눈먼 화살에 맞으시는 일이라도 생기면 웃음거리도 못 됩니다."

아르슬란은 뺨에 홍조를 띠며 거절했다.

"싫다. 나는 움직이지 않겠네."

"위험합니다, 전하."

이번에는 엘람이 말하고, 자스완트와 번갈아 후퇴를 권했으나 웬일로 아르슬란은 고개를 가로젓기만 했다. 책임감과 흥분 양쪽이 그를 그렇게 만들었다. 군사 나르사스는 왕태자의 심정을 정확하게 헤아렸다.

루시타니아군은 파르스 왕국의 적이기는 하지만 아르슬란에게는 진정한 적이 아니었다. 그것이야말로 아르슬란의 머리 위에 드리워진 운명의 가혹함이었다.

아르슬란은 그 가혹함에서 도망칠 수 없었다. 아무도 아르슬란을 대신해주지 못한다. 주위 사람들은 전혀 도와줄 수 없다. 동정은 하고 격려도 한다. 그러나 결국 아르슬란은 고독한 싸움을 고독하게 해나가야만 했다.

여기에 비하면 전장에서 적의 공격을 받아내는 일은 쉬웠다. 작전을 세우는 일도, 대검을 휘두르는 일도 능력의 문제이지 용기의 문제는 아니었다.

군사 나르사스는 왕태자의 곁에 말을 가져다 대고 아르슬란의 흥분을 가라앉히고자 조용히 말을 걸었다.

"전하, 용기를 함부로 쓰지 마십시오. 화살은 갑주와 방패로 막을 수 있습니다. 그러나 이러한 것들이 도움이 되지 않는 상황에서야 비로소 용기가 필요한 것입니다."

나르사스의 말은 추상적이었다. 일부러 그렇게 한 것이다. 아르슬란은 흠칫 놀란 듯 군사를 돌아보았다.

"……그렇군. 나는 다른 이들을 방해하지 않겠네."

중얼거리며 기수를 돌리자 왕태자의 측근들이 그 뒤를 따랐다. 나르사스, 엘람, 알프리드, 그리고 자스완트였다. 1아마지(약 250미터)를 물러나 한 언덕에 말을 세우더니 아르슬란은 흑표처럼 탄력 있는 신두라인에게 말을 걸었다.

"자스완트, 무훈을 세우고 오게."

"소인의 무훈은 전하의 무사함입니다. 강적의 목을 베는 일은 다룬 경이나 기이브 경에게 맡기겠습니다."

어디까지고 성실한 신두라인이었다. 아르슬란은 맑게 갠 밤하늘색 눈동자에 미소를 머금었다.

"그런 소리를 하면 다룬이 혼자서 적의 목을 모두 베어버릴 걸세. 이제 슬슬 마르단후 마르단의 실력을 발휘할 때가 됐으니."

아르슬란의 지적은 정확했다. 다륜은 이제까지 파르스군의 실전 총지휘관으로서 지시를 내리기만 했다. 그러나 이제는 양군이 검과 창을 맞대고 맞부딪쳐 드디어 백병전이 벌어지려는 순간이었다.

화살이나 모래를 뒤집어쓰고도 루시타니아군은 여전히 전진했다. 대군인 만큼 한번 움직이면 움직임을 그리 쉽게는 바꿀 수 없다.

"쏴라!"

화살바람이 몰아쳐 루시타니아군의 대열에 꽂혔다. 말이 쓰러지고 사람이 떨어졌다. 고통에 찬 비명과 적의 침묵이 점점이 일어나고 이를 인마의 피가 하나의 색으로 물들여버렸다.

피 냄새가 코로 밀려들어 산 자의 후각을 마비시켰다. 너무나도 강렬한 자극에 코피를 흘리는 자까지 있을 정도였다. 화살비가 한 번 그쳤을 때 다륜을 선두로 파르스군이 돌진을 개시했다.

"야샤스인!"

모래 먼지가 일어나고 지축이 흔들렸다. 1만이 넘는 말발굽이 폭풍처럼 쩌렁쩌렁 울렸다. 제방을 무너뜨린 탁류가 빠르게, 강하게, 무한히 펼쳐져가는 것만 같았다.

"굉장하다, 굉장해!"

본진에서 이를 바라보던 엘람과 알프리드가 이구동성으로 외쳤을 정도로 장관이었다. 이에 맞서 루시타니아군도 함성과 뿔피리 소리를 드높이 울려 대응했다. 그러나 명백히 기선을 제압당했으며 기세에서도 밀렸다. 파르스군은 갑주의 파도가 되어 짓쳐들었다.

우선 다륜은 물소 가죽을 감은 포플러 강궁을 들고 까만 깃털 화살을 쏘았다. 화살은 요란하게 공기 가르는 소리를 내며 날아가 한 기사의 흉갑을 꿰뚫었다. 피에 젖은 화살촉은 등으로 튀어나와, 그것이 얼마나 무시무시한 강궁이었는지를 모두에게 깨닫게 해주었다.

다음 순간 양군의 거리는 활을 도움이 되지 않는 무기로 만들었다. 이미 다륜의 손에는 활 대신 장창이 있었으며 흑마는 적진 속으로 힘차게 달려들었다.

붉은 수염을 기른 기사가 우선 다륜의 창에 목숨을 잃어 안장 위에서 피의 꼬리를 끌며 떨어졌다. 다른 기사가 다른 각도에서 다륜에게 창날을 내질렀다. 다륜은 안장 위에서 교묘히 자세를 바꾸어 갑주의 어깨 부분으로 상대의 창날을 미끄러뜨렸다. 그리고 그 자신의 장창은 은색 섬광으로 변해 루시타니아 기사의 갑주를 꿰뚫고 상대의 함성을 영원히 끊어버렸다.

기수를 잃은 말이 앞다리를 높이 들며 몸을 젖히고 파르스의 용장과 루시타니아의 기사들 사이에서 살아있는 성벽을 이루었다. 그렇게 벽이 생겨난 얼마 안 되는 시간 사이에 다룬은 장창을 희생자의 몸에서 빼내고 그의 흑마에게도 앞다리를 높이 들게 해 방향을 바꾸었다. 세 번째로 장창이 번뜩여 세 번째 사망자를 말 위에서 거꾸러뜨렸다.

새까만 갑주에 쏟아져내린 피가 열기를 머금은 쇠의 표면에서 금세 말라붙었다. 루시타니아 병사들 사이에서 공포의 외침이 일어났다. 그러나 의외의 일이 일어났다. 네 번째 병사가 목덜미를 꿰뚫렸을 때 다른 1기가 다룬을 향해 결사의 몸부딪기를 감행한 것이다. 그리고 또 다른 보병이 흑마에게 검을 내리쳐 안장에 칼날이 파고들었다. 흑마가 펄쩍 뛰어올라, 다룬은 몸부딪기를 시도한 루시타니아 기사와 한데 얽히며 지면에 떨어졌다.

요란한 함성을 지르며 루시타니아 병사들이 쇄도했다. 무수한 칼날이 흑의기사를 베어버릴 것처럼 보였다. 그러나 검광이 치솟아 번개의 풍차로 변해 루시타니아 병사들을 쓸어냈다. 피와 절규의 소용돌이 속에서 다룬은 의연한 화강암 탑처럼 서 있었다.

"샤브랑(흑영黑影)! 샤브랑!"

다룬이 애마의 이름을 외쳤다. 파르스 최대의 용장을 기수로 모시는 파르스 최고의 명마는 강궁에서 날아간 화살 같은 기세로 뛰어 돌아왔다.

다륜은 흑마의 오른쪽에서 함께 두 걸음을 뛰었다. 고삐를 쥐고, 세 걸음째에는 이미 자신의 긴 몸을 안장 위에 날리고 있었다. 안장에 올라탔을 때 다륜의 오른손에는 피에 젖은 장검이 들려 있었다. 펄럭이는 망토의 안감도 핏빛이었다.

다시 말 위에 오른 다륜은 적진으로 뛰어들자마자 좌로 우로 참격을 휘둘러댔다. 자신에게 달려드는 창날의 자루를 베어 날려버리고 투구를 가르는 모습이, 마치 명마에 올라탄 채 피바다를 헤엄치는 듯한 기세였다.

공격은 반격을 초래하고 반격은 재반격을 부른다. 눈 한 번 깜빡일 때마다 전투는 점점 치열해져 인간의 생명을 공물로 요구했다.

피 위에 피가 쏟아지고 시체 위에 시체가 거듭 쌓였다. 다륜의 검은 더욱 격렬하게 허공과 지면 사이에 피의 폭풍을 일으켰다. 그가 이끄는 기병들도 검과 창을 종횡무진 휘둘러 루시타니아군의 대열을 붉은 넝마처럼 갈라나갔다.

숫자가 같다면 파르스군은 항상 루시타니아군을 압도했다. 루시타니아군이 숫자가 늘어난 것을 보면 파르스군은 교묘하게 물러나 거리를 두고 진형을 재구축했다.

다륜이 일개 전사일 뿐만 아니라 죽음의 사자라는 사실은 이제 만인 앞에 드러났다.

"다륜은 강하구나, 정말로."

왕태자의 감탄에 군사가 대답했다.

"다륜이 지휘하면 양 떼도 일국을 정복할 수 있을 겁니다."

대지는 죽은 자들과 부상자들로 가득 메워진 것처럼 보였다. 피와 모래에 찌들어 드러누운 그들은 8할이 루시타니아인이었다.

새삼 파르스군의 강함에 혀를 내두른 몽페라토 장군은 왕제 기스카르 공작에게 진언했다. 후방에 2만이나 되는 병사를 두는 것은 너무나도 아까우니 그 병력을 적의 측면으로 이동시켜 단숨에 측면을 치고 적을 궤란시켜야 한다고.

기스카르가 망설이자 몽페라토는 목소리를 높였다.

"왕제 전하, 재물 따위 파르스군에게 주어버리십시오. 우리 군에게 지금 필요한 것은 금은이 아니라 강철이옵니다."

강철이란 무기이며, 또한 이를 든 병사들을 말한다. 그런 말까지 듣고 나니 기스카르도 결단하지 않을 수 없었다. 재물을 방치하고 2만 병력 대부분을 적의 측면으로 이동시키도록 명령했다. 대담한 결단이었으나 때는 이미 늦었다. 결과적으로 이는 루시타니아군 중추부의 오판이 되었다.

후방에 머물렀던 멀쩡한 2만이 어기적어기적 움직이기 시작했을 무렵, 주전장에서는 상상도 못한 일이 일어났기 때문이다.

루시타니아군의 갑주를 걸친 한 부대가 느닷없이 루시타니아군에게 화살을 쏘고 창을 던지기 시작했다. 이는 아트로파테네까지 오면서 평원에서 사망자들의 갑주를 슬쩍해 파르스군이 편성한 가짜 루시타니아군이었다.

"배신이다! 배신자가 나왔다!"

그 목소리가 전군에 퍼지는 것과 같은 속도로 루시타니아군은 동요했다. 기껏 움직이기 시작한 2만 병사들도 갈팡질팡하고 망설이며 전진을 중지했다.

"왕제 전하께서 도망치셨다!"

"보물만 들고 도망쳤다! 우리는 버림받았어!"

그 목소리가 루시타니아군의 중심에서 폭발해 터져나갔다. 이젠 틀렸다는 탄식이 일어나고 땀과 먼지에 찌든 병사들은 절망과 패배감에 찌들었다. 그들은 역시 졌다고 생각했다. 그들은 이교도들의 검에 베이며 등을 돌리기 시작했다.

"그 정도 유언비어에 무너지다니! 구제할 길 없는 밥벌레들!"

기스카르는 길길이 날뛰었으나 내심 뜨끔하기도 했다. 그도 패군과 운명을 함께할 마음은 없었으며 최후의 최후에는 자기 목숨을 가장 먼저 챙길 생각이었기 때문이다. 다시 말해 파르스군이 퍼뜨린 유언비어는 사실상 기스카르의 내심을 폭로한 셈이었다.

기스카르의 내심과는 상관없이 루시타니아군은 무너졌다. 작년 가을 아트로파테네에서 파르스군이 패멸했을 때와 흡사한 상황이 되어갔다. 전군의 총수가 부하들을 버리고 도망쳤는데 누가 목숨을 걸고 적과 싸우려 하겠는가.

"도망치지 마라, 돌아와라! 그대들의 용기와 충성을 신께서 시험하시는 것이다!"

몽페라토 장군이 말을 타고 돌아다니며 병사들을 질타했으나 후퇴를 거듭하는 병사들의 발을 멈출 수는 없었다.

"전하, 지금입니다."

군사 나르사스가 진언했다. 아르슬란이 손을 휘둘렀다. 이에 호응해 3천 기병이 움직였다. 자라반트가 맡고 있던, 상처 하나 없는 정예였다. 거대한 전투도 자라반트는 거대한 전투도끼를 휘두르며 부대의 선두에 서서 맹렬히 루시타니아군에게 쳐들어갔다.

이 일격이 치명상이 되었다. 마침내 루시타니아군은 옆구리의 급소를 뜯어먹혀 내장까지 미치는 피해를 입은 것이다. 엄청난 피가 솟아 흘렀다. 루시타니아군은 죽음과 멸망으로 가는 내리막길을 곤두박질쳤다.

V

이날의 격전에서 다룬은 창 네 자루를 부러뜨렸으며 전투도끼 두 자루의 날을 잃었다. 그가 이알다바오트 신의 곁으로 보내준 루시타니아의 전사들은 유명 무명을 막론하고 수없이 많은 탓에 헤아릴 수 없었다. 그는 처음부터 전장 한복판에 있었으며, 마지막까지 그러했다.

유혈과 파괴의 회오리는 이제 급속히 이동하여 기스카르의 본진까지 밀려들고 있었다. 밀리기만 해 본진으로 도망쳐 돌아온 루시타니아 병사들의 배후에서 흑의기사가 파르스 병사들을 이끌고 쇄도했다.

"루시타니아군의 총수는 어디 있느냐?!"

검은색 일색 갑주가 루시타니아 병사의 피로 점점이 물들었다. 그 광경을 본 기스카르는 전율했다. 작년 가을 아트로파테네 회전에서 루시타니아군 한복판을 단기로 돌파했던 흑의기사였다. 기스카르도 뛰어난 검사이기는 했으나 이 상대만큼은 도저히 적대할 수 없음이 명백했다.

"쳐라!"

좌우를 향해 외쳤으나 그 순간 그의 코앞에서 순식간에 기사 두 명이 피안개를 뿜으며 쓰러졌다. 전방의 위험에 정신이 팔린 사이에 더 가까운 곳에서 역시 위험한 적이 나타난 것이다. 기이브였다.

"왕제 전하, 피신하시옵소서!"

소리를 지른 자는 몽페라토였다. 부하들을 파르스의 흑의기사들에게 잇달아 보내며 자기 자신은 기이브에게 달려들려 했다. 그에 앞서 젊은 루시타니아 기사 하나가 포효를 지르며 기이브와 맞붙고 있었다.

"거추장스럽다, 비켜!"

고함과 함께 기이브는 장검을 번뜩여 선두의 기사를 베어버렸다. 그러나 그 기사는 목숨을 걸고 그를 방해했다. 베이면서 기이브의 검을 두 손으로 붙들고 그대로 말 위에서 떨어졌다. 기이브는 검을 빼앗기고 말았다. 기사가 땅바닥과 포옹하며 숨이 끊어지자 기이브의 손을 떠난 검이 땅에 박혔다.

기이브는 말에서 내리려 하지는 않았다. 그런 짓을 했다가는 지면에 내려선 순간 루시타니아인들의 검에 베이고 말 뿐이다. '유랑악사'는 안장 위에서 몸을 내밀었다. 그의 몸은 거의 지면과 수평이 되었다. 절묘한 몸놀림으로 달리는 말과 자신의 균형을 잡으며 기이브는 더욱 손을 뻗어 지면에 박힌 검의 자루를 낚아챘다.

그 순간 몽페라토가 달려들었다. 강렬한 검세였다. 완전히 칼자루를 쥐지는 못한 기이브는 하마터면 막아낸 검을 놓칠 뻔했다. 그는 재빨리 한쪽 발을 등자에서 떼고 루시타니아인이 탄 말의 옆구리를 걷어찼다. 말이 달려나가는 바람에 몽페라토의 두 번째 공격은 허공을 갈랐다.

두 사람 모두 자세를 다시 갖추고 서로를 노려보았다.

"이알다바오트 신이시여!"

"아름다운 여신 아시여, 지켜주소서!"

두 자루의 검이 격돌하고 불꽃이 시퍼렇게 튀었다. 칼날이 한 번 멀어지고, 몽페라토가 다시 달려들었다. 기이브가 되받아쳤다. 칼 울리는 소리가 잇달아 울려 퍼지고 그 메아리가 사라지기도 전에 기이브가 결정적인 검광을 뿜어냈다.

칼끝이 몽페라토의 목덜미를 가르며 지나갔다. 날카롭게 피리를 부는 듯한 소리가 나고 허공에 피의 무지개가 걸렸다. 루시타니아에서 가장 고결한 기사라 불리던 무장은 죽음에 이르는 한순간 동안 천사의 미소를 보았는지도 모른다. 안장 위를 벗어나 땅바닥에 나가떨어지고 피와 모래에 찌들면서도 그의 표정에는 이교도가 이해할 수 없는 평온함이 어려 있었기 때문이다.

아무튼 강적을 쓰러뜨리고 기이브는 숨을 토해냈다.

그는 루시타니아 전군의 부장副將이라 부를 만한 거물을
베어 빛나는 수훈을 세운 것이다.

"몽페라토 장군 전사!"

비보는 루시타니아 전군에 퍼져, 그때까지도 싸우던
장병의 전의를 꺾어버렸다. 게다가 비보는 끊일 줄을
몰랐다. 물론 파르스군에는 낭보였다.

파랑기스는 루시타니아 왕실의 인척인 보놀리오 공작
을 활로 쏘아 쓰러뜨렸다. 자라반트는 곤자가 남작이라
는 거한 기사와 격전을 벌여 수급을 취했다. 곤자가의 동
생인 기사 포라는 다륜에게 베였다. 스포르차도 마찬가
지로 다륜과 싸워 목이 베였다. 브라만테는 메르레인에
게 쓰러졌다. 안드라고라스 왕과 싸워 살아남았던 고명
한 기사들 중 대부분이 아트로파테네 평원에 목 없는 주
검을 남기게 되었다. 10개월의 시간을 거쳐, 옛 파르스군
의 비탄은 루시타니아군의 비탄으로 바뀐 셈이었다.


한 루시타니아 기사가 고함을 질렀다. 파르스 왕궁에
서 약탈한 보물이 가죽 자루며 마대 자루에 담겨 쌓여
있었다. 그 앞에서 일어난 일이었다.

"이제는 끝났어. 다 어리석은 짓이지. 지금이 남의 보물
을 목숨 바쳐 지키고 있을 상황이야? 난 내 길을 가겠어!"

비명이 터졌다. 기사가 느닷없이 허리의 대검을 뽑아 옆에 있던 동료를 안장 위에서 베어 쓰러뜨린 것이다. 마대 자루에 붉은 피가 튀었다.

"무슨 짓인가, 게르트머!"

전우들의 경악과 비난에 게르트머라 불린 기사는 뻔뻔한 웃음으로 대답했다.

"흥, 보고도 모르겠나? 파르스의 보물을 내가 손에 넣으려는 걸세."

신도 주군도 두려워하지 않는 언동에 기사들이 분노했다.

"네놈, 그러고도 명예로운 루시타니아의 기사더냐! 왕제 전하의 명령을 받든 이상 이 보물을 이교도의 손에서 지켜야 하거늘, 사욕을 이기지 못해 스스로 취하려 하다니, 부끄러운 줄 알아라!"

"부끄러움이라니, 그런 건 본 적도 없는걸. 어떻게 생겼는지 좀 가르쳐 주겠나?"

"이 천치 같은 놈……!"

격렬한 기세로 칼을 들고 달려간 기사는 단 1합을 나누었을 뿐 게르트머의 칼날에 쓰러졌다. 보물의 수호를 명령받던 기사들 중에서는 사실 게르트머가 가장 강했던 것이다.

당황하는 동료들을 앞에 두고 오만하게 웃음을 터뜨

린 게르트머의 표정이 느닷없이 얼어붙었다. 소리도 없이 낙마한 그의 목덜미에 화살이 박혀 있었다. 기사들은 흠칫 숨을 멈추고 화살의 궤도를 눈으로 좇았다. 커다란 바위 위에서 파르스의 기사가 말에 타고 서 있었다. 안장머리에 활을 눕혀놓고 있는 '유랑악사' 기이브였다.

"누, 누구냐, 네놈은?!"

그 질문은 루시타니아어로 날아들었지만 이런 경우의 질문은 만국 공통이므로 기이브는 당황하지도 않고 대답했다.

"자신이 득을 보는 일은 용납해도 남이 득을 보면 자기도 모르게 정의를 입에 담고 싶어지는 뻔뻔한 사나이."

루시타니아인들의 절반은 파르스어를 알아듣는다. 장난스러운 말에 그들은 새로운 분노를 품었다. 그리고 재차 이어진 기이브의 말이 루시타니아인들의 분노에 기름을 부었다.

"신의 진노가 두렵지도 않느냐? 아니면 이알다바오트인지 하는 신은 도적이나 동료살해자의 수호신이신가?"

기사들은 칼을 뽑아 들고 이 당당하기 그지없는 파르스인을 포위하려 했으나 남색 눈동자는 냉소로 번뜩였다.

"그래도 되겠나? 그러다 빈틈없는 동료에게 보물을

빼앗길 텐데? 너희는 목숨을 잃고 놈들은 재물을 챙기겠지. 너무 불공평하지 않아?"

기이브의 독설은 진실을 꿰뚫었다. 기사들은 얼굴을 마주하더니 창졸간에 어떻게 해야 좋을지를 망설였다. 그들이 얼굴을 마주 본 것은 눈을 두 번 깜빡일 정도의 시간이었지만, 기이브가 날카롭게 휘파람을 불자 바위너설 일대에 갑주와 말발굽 소리가 울려 퍼져 수백의 파르스 기병이 나타났다.

"자자, 도망쳐라. 도망치지 않으면 죽을걸?"

기이브가 놀려댔다. 얄팍하기 그지없는 수단이었지만 이제 루시타니아 기사들의 전의는 완전히 꺾이고 말았다. 그들은 기수를 돌려 앞을 다투어 도망쳤다. 몇 개의 화살이 그들의 머리 위를 스치고 날아갔지만 진심으로 공격한 것은 아니었다.

재물 주위에는 이제 아무도 없었다. 기이브는 우아하게 고삐를 놀려 바위너설에서 뛰어내려선 재물 앞에 말을 세웠다. 활을 들고 끄트머리로 보석이 담긴 가죽 자루를 찔러본다.

"나 참, 아깝게도 내 주머니는 너무 작단 말씀이지. 이만한 보물을 넣어둘 만한 여유가 없다니까."

기이브는 웃어넘겼다. 그는 재물을 좋아하지만 재물에 눈이 먼 적은 없었다. 다른 사람이 어떻게 보든 기이브는 자신이 시인이라고 생각했다. 재물 그 자체는 절대 시가 되지 못한다. 그렇기에 재물은 그에게는 지고의 가치가 아니었다.

기이브는 제2차 아트로파테네 회전에서 루시타니아의 명장 몽페라토를 베고 파르스 왕실의 재물이 탈주병에게 빼앗기는 것을 막아냈다. 언젠가 그 자신이 후세에 시인들의 감동을 자극할 시편의 중요 인물이 될 것이다.

한편, 혼란과 패세 속에서 기스카르는 다륜에게 쫓겨 본진에서 도망치고 있었다. 파르스의 거리 단위로 반 파르상(약 2.5킬로미터)을 물러난 지점에서 멈춰 섰지만 기스카르의 주위에는 100여 기 정도밖에 없었다. 게다가 약탈한 보물을 파르스군에게 도로 빼앗긴 것까지 알게 되었다.

적의 총병력이 3만도 채 안 됐다는 사실을 알았다면 기스카르도 얼마든지 수를 쓸 수 있었으리라. 또한 군을 완전히 재편해 소수 정예를 실현했다면 자연스레 다른 전법을 구사했을 것이다. 기스카르에게는 어느 쪽도 불가능했다. 참으로 미련이 남을 만한 싸움이었다.

하지만 사실은 그렇지만도 않았다. 이 시기가 되어서도 기스카르는 아직 확실하게 적의 병력을 몰랐던 것이다. 그렇기에 후회하지 않았다. 나르사스가 세심한 배려와 줄다리기 같은 기교로 파르스군의 병력을 기스카르에게 들키지 않았기 때문이다.

"왕제 전하, 이제는 틀렸사옵니다. 탈출 준비를 하시는 편이 좋지 않을까 하옵니다."

목소리를 떨며 궁정서기관 오르가스가 말했다. 문서를 다루는 데는 유능한 사내지만 이러한 상황에서는 미덥지 못했다. 갑옷을 입고는 있지만 끈을 반쯤 풀어놓았다. 언제든 도망칠 수 있도록 준비해놓은 것이다.

'이렇게 처참히 패배하다니, 나는 그렇게나 무능한 자였던가.'

심각한 고민이었으나 물론 그럴 리가 없다. 루시타니아 일국을 통솔해, 40만 대군을 이끌고 낙오자 하나 없이 바다를 건넜으며, 마르얌 왕국을 멸하고 파르스 왕국의 절반을 지배했다. 그런 대업을 어찌 무능한 자가 이루어낼 수 있겠는가.

"그러나 지금 실제로 패배가 이어지고 있지. 내가 무능하지 않다 해도 한계는 있었다는 뜻이로군."

기스카르는 자조했다. 오르가스가 도망칠 준비를 해놓은 것도 그는 나무라려 하지 않았다. 어차피 오르가스가 곁에 있다 한들 최하급 병사만큼도 도움이 되지 않을 것이다. 소인배 따위 알아서 하라고 생각했다.

"루시타니아군이 전멸해도 나는 지지 않는다. 내 몸 하나만 있으면 반드시 재기할 수 있다. 기필코 보댕 놈을 물리치고 마르얌 왕국을 근거지로 삼아 다시 대륙에 패업을 이루어 주마."

기스카르는 아직 서른여섯 살이었다. 건강하고 심신 모두 정력적이니 아직도 30년은 더 국사의 제일선에 설수 있을 것이다. 살아만 있다면 어떻게든 할 수 있다. 또한 무엇이든 할 수 있다. 그런 자신과 집념이 기스카르에게는 있었다.

그 자신감과 집념을 철저하게 이용한 자가 나르사스였다. 이제까지 기스카르는 유능하고 이성과 계산 능력이 뛰어난 사내라는 점을 1년 가까운 시간 동안 증명해왔다. 그리고 그렇기에 나르사스에게는 '정체가 훤히 드러난' 적수가 되고 말았다.

그러한 사정을 나르사스는 왕태자 아르슬란에게 설명했다. 설명을 할 만한 여유가 파르스군에 생겨나고 있었다. 아르슬란의 본진은 차츰 전진하여 처음보다 반파르상(약 2.5킬로미터) 정도 전진했다. 발밑에는 시체가 켜켜이 쌓이고, 그보다 전방에는 파르스군에게 등을 돌린 채 루시타니아 병사들이 도망치고 있었다.

"도망치는 자는 쫓지 마라."

아르슬란은 명령했고 나르사스는 받아들였다. 승패가 결정된 이상 더 살육을 벌여봤자 무익했으며 포로를 늘린다 한들 도움될 것도 없었다.

결사의 전투 끝에 해가 저물려 했다. 루시타니아 병사들은 패잔병의 무리가 되어 해가 저무는 방향으로 밀려 갔다. 안드라고라스 왕에게 패배하고 다시 아르슬란 왕자에게 패배해, 루시타니아군은 마지막 숨통이 끊어진 것처럼 보였다.

## VI

루시타니아 전군은 무너졌다. 아트로파테네에서 얻었던 성과는 아트로파테네에서 완전히 사라졌다. 그리고 아트로파테네의 승리자였던 기스카르는 패장이 되었으나 여전히 살아 있다. 살아남은 이상 끝까지 살겠다고 기스카르는 마음을 새로이 먹었다. 그러기 위해 탈출 방법도 생각해두었다.

그의 얼굴을 아는 자는 파르스군에 없을 것이다. 기스카르에게는 그것이 희망의 싹이었다. 그는 단검을 뽑아선 자신의 갑옷에 달린 화려한 장식품을 하나하나 뜯어 떨어뜨렸다. 보석이며 금은을 제거하자 지극히 평범하고 소박한 기사의 갑주가 되었다. 보석은 갑주 안에 숨겼다. 어떤 순간에나 보석이나 금화는 필요한 법이다.

어느샌가 오르가스도 자취를 감추고 말았다. 졸졸 따라와 봤자 오히려 방해만 될 테니 기스카르는 상관하지 않고 자신의 말에 올라탔다. 설마 오르가스가 다륜에게 사로잡혀, 자신의 목숨을 건지는 조건으로 왕제가 있는 곳을 가르쳐주었으리라고는 알 도리가 없었다.

말의 배를 걷어차 달려나가려 했을 때 하늘에서 기스카르를 향해 떨어진 것이 있었다. 빠르고 날카로운, 시커먼 바람의 덩어리였다. 기스카르는 갑주에 충격을 받았다. 놀라 소리를 지르고 말이 앞발로 허공을 박찼다.

"앗!"

기스카르는 자신의 목소리를 들었다. 시야가 뒤집어지며 몸이 땅바닥에 나뒹굴었다.

숨이 막혔다. 목과 입에 모래먼지가 들어갔다. 지상에서 회전이 멈추고 겨우 상반신을 일으켰지만 여전히 눈이 빙빙 돌았다. 그 중심에서 은색 빛이 노려보고 있었다. 그것이 코앞에 들이댄 장검의 끄트머리임을 깨달은 기스카르는 움직일 수가 없었다.

"공을 세웠구나, 아즈라일."

흑의기사가 말하자 그의 머리 위에서 날갯짓을 하며 매 한 마리가 자랑스럽게 울음소리를 냈다.

어느샌가 기스카르의 주위에는 파르스의 기사들이 강철 같은 포위망을 완성시키고 있었다. 루시타니아의 왕제 기스카르 공작은 아버지인 파르스 샤오 안드라고라스 3세에 이어 아들인 왕태자 아르슬란의 포로가 되고

만 셈이었다.


　파르스군의 본진에 연행된 기스카르는 포박당하지는
않았다. 물론 무기는 없었으며 도망치기란 불가능했다.
기사들을 좌우에 대동하고 황금 투구를 쓴 소년이 왕태
자 아르슬란이리라. 그 곁에서 걸어 나와 산양 뿔로 만
든 잔을 기스카르에게 내미는 자가 있었다. 물을 준 것
이다. 안 그래도 목이 바짝 탔으며 이제 와서 독살을 할
리도 없다. 잔을 받아 든 기스카르는 상대의 얼굴을 보
고 자신도 모르게 소리를 냈다.
　"너는…… 그 수습기사가 아니더냐."
　기스카르는 떠올렸다. 떠올리자 기스카르에게는 참으
로 계면쩍은 일이 되었다. 지난번에 이 수습기사를 접
견했을 당시의 기스카르는 파르스 왕궁의 지배자였건
만, 지금은 몸을 지킬 무기도 없이 일개 포로가 되어 지
면에 꿇어앉아 있는 것이다.
　"왕제 전하께 여쭙겠습니다. 국왕 폐하는 어디 계십니
까. 아직 왕도에 남아 계신지요?"
　예의를 지키며 에스텔이 물었다. 기스카르는 눈을 껌
뻑였다. 창졸간에 질문의 의미를 알아듣지 못했던 것이
다. 생각해보면 당연한 질문이었다. 원래 루시타니아

군의 총수는 루시타니아 국왕이어야만 한다. 루시타니아인이 국왕을 걱정하는 것은 당연하다. 그러나 동시에 이만큼 실태와 멀리 떨어진 질문도 없었다. 물을 다 마시고 목을 축이자 기스카르는 무뚝뚝하게 대답했다.

"내가 어찌 알겠느냐."

"전하의 형이 아닙니까."

그렇게 나무라자 마침내 기스카르의 분노가 폭발했다. 36년에 걸쳐 축적했던 감정을 왕제는 단숨에 토해냈던 것이다. 그의 어조는 끓어오르는 용암과 같았다.

"그래, 형이라고? 그렇기에 이제까지 놈을 섬겼던 거다! 무장으로서도 통치자로서도 내가 훨씬 뛰어난데. 나는 그저 놈보다 나중에 태어났다는 것만으로 놈의 밑에 있어야만 했단 말이다. 이젠 지긋지긋해. 자기 뒤처리는 놈이 알아서 하라지. 몇 번이든 말해주마. 내가 어찌 알겠느냐!"

루시타니아어를 알아듣지 못하는 파르스인들도 무의식중에 얼굴을 마주 볼 정도였다. 입을 다물어버린 에스텔을 노려보며 기스카르는 숨을 고르더니 비아냥거리듯 어조를 바꾸어 말했다.

"그래서, 그렇게 말하는 너 자신은 어떠냐? 루시타니아인이면서 파르스인들의 진중에 있지 않으냐. 왜 그렇게 됐지?"

에스텔은 그 악의에 가득 찬 반문을 예측하고 있었다. 소녀는 겁먹은 기색도 없이 왕제 전하를 직시하며 말했다.

"사악한 이교도여야 할 파르스인이 공정한 태도를 보여주었기 때문입니다. 국왕 폐하께서 무사하시다면 양국 사이에 대등한 조약을 체결할 수 있을 것입니다. 그렇기에 국왕 폐하의 안부를 여쭙는 것입니다."

"……대등한 조약?"

기스카르의 뺨이 일그러졌다. 고작해야 계집애라고 생각했던 상대의 말에 그는 충격을 받았던 것이다. 그가 내치고 잘라버리려 했던 형왕에게 아직 그런 정치적 가치가 있었다니.

가령 형왕 이노켄티스 7세가 살아있고 파르스인들과 조약을 맺을 수 있다면 기스카르의 입장은 어떻게 될까. 여기까지 생각했다가, 그는 죽으면 처지도 뭣도 없다는 사실을 깨달았다.

"나는 어떻게 할 생각이냐. 죽일 테냐?"

기스카르가 왕태자에게 묻자 왕태자를 대신해 곁의 젊은 기사가 대답했다. 군사 나르사스였다.

"일일이 묻지 않고서는 모르시나? 귀찮은 분이로군."

"그래, 역시 죽인단 말이군."

기스카르는 자신의 목소리가 갈라지는 것을 자각했

다. 식은땀이 등을 적셨다. 자신은 이곳에서 죽고, 무능하며 나약한 형왕이 살아남는단 말인가. 시야가 캄캄해지고 눈에 수분이 배어나왔다. 땀인지 눈물인지 구별이 가질 않았다. 차라리 목숨 구걸을 할까, 굴욕의 밑바닥에서 생각했을 때 왕태자의 목소리가 들렸다.

"당신을 죽이지는 않겠습니다. 내버려둘 테니 마르얌으로 가십시오."

조용한 목소리였는데도 그것은 천둥처럼 기스카르의 귀에 들렸다.

"그러나 나를 살려둔다 해서 무슨 득이 있단 말이냐. 그런들 내가 감격의 눈물을 흘리며 파르스와 영원한 평화를 맹세하기라도 할 거라 생각하나?"

헐떡이듯 기스카르가 물었다. 나르사스가 대답했다.

"딱히 그대가 흘리는 감격의 눈물 따위는 보고 싶지 않아. 우리가 그대에게 기대하는 것은 단 하나. 마르얌 왕국에 돌아가 그 보댕 대주교인지 하는 자와 요란하게 드잡이질을 해주었으면 하는 거지."

기스카르는 온몸을 뻣뻣하게 굳혔다. 파르스인들은 감상이나 위선 때문에 왕제를 살려둔 것이 아니었다. 지극히 신랄한 이유였다. 파르스인끼리 왕권을 두고 다투었듯 루시타니아인끼리도 다투게 하려는 것이다. 한편으로 공식적으로는 여전히 국왕인 이노켄티스 7세의

신병을 확보해두면 앞으로 어떻게든 간섭하고 손을 댈
수 있다는 뜻이다.

"제법 멋진 계산이로군. 하지만 그렇게 너희 생각대
로만 돌아가리라 생각한다면 그대들 자신이 나중에 곤
란해질걸. 내가 보댕 놈과 화해해 마르얌에 있는 전군
을 모조리 끌고 복수전에 나섰을 때는 어떻게 할 생각이
지?"

위협을 할 작정이었지만 파르스인들은 전혀 꿈쩍도 하
지 않았다. 아직 소년이라고만 생각했던 왕태자 아르슬
란은 미소에 품위마저 머금고 대답했다.

"그때는 새로이 승패를 가리면 그만이지요. 일단 말과
식수와 식량을 제공해드리겠습니다. 부디 무사히 마르
얌까지 도착해 주십시오."

기스카르는 기이한 인상을 금치 못했다. 파르스인들
은 어디까지나 그들의 이익과 타산 때문에 기스카르를
살려둔 채 풀어주려 한다. 그것을 잘 아는데도 아르슬
란의 표정을 보면 진심으로 기스카르가 무사하기를 바
란다고밖에는 여겨지지 않았던 것이다.

물론 아르슬란은 파르스의 정략적인 이익을 위해 기
스카르의 무사를 바란다. 포로로 삼지 않고 풀어준다는
것은 나르사스가 고민한 결과였다. 기스카르는 마르얌
에 가서 보댕을 타도하지 않는 한 장래가 없다. 기스카

르가 자신을 위해 필사적으로 행동하면 그것이 파르스에게 도움이 되는 셈이다.

이리하여 루시타니아의 왕제 기스카르 공작은 미래의 전망을 모두 잃고 북서쪽 마르얌 방향으로 말을 몰았다. 여전히 오만하게 가슴을 펴고, 자기 자신의 미래를 믿고, 대주교 보댕 타도를 맹세하며.

이리하여 루시타니아군의 파르스 정복은 1년도 채우지 못한 채 유혈과 모래 먼지 속에 종식을 맞았다.

제 4 장 영웅왕의 탄식

I

　제2차 아트로파테네 회전이 북서쪽 황야에서 전개되
고 있을 무렵.

　왕도 엑바타나에서는 공격하는 안드라고라스 왕과 지
키려는 히르메스 왕자 사이에 전투가 벌어지고 있었다.
다만 이는 전면전은 아니었다. 10만 병력은 왕도의 견
고한 성벽을 포위한 채 지하수도에서 작은 충돌을 되풀
이했으나 성벽 안팎에서 적극적으로 격렬한 살육을 전
개하는 장면은 아직 볼 수 없었다. 공격하는 안드라고
라스 왕에게도 엑바타나는 자신의 성이었다. 가능하다
면 파괴하고 싶지 않았다.

한편 아트로파테네 평원에서 승리를 얻은 아르슬란은 주전장에서 1파르상(약 5킬로미터) 정도 남쪽으로 이동하여 숙영 중이었다. 그곳은 미르발란 강과 인접한 계단형 지형 일대였으며 사람과 말에 물을 공급할 수 있었다. 작년 가을의 패전 때 히르메스가 안드라고라스를 노리고 매복했던 곳과 가까웠지만, 물론 아르슬란은 그러한 인연을 알 방법이 없었다.

왕도의 양상은 첩자들이 하루에 두 차례씩 전해주었다. 공격 측이 애를 먹는 느낌이었다. 여기서 승리의 여세를 몰아 단숨에 왕도를 치면 어떨까. 그런 의견도 있었으며 자라반트가 그 급선봉이었으나, 군사 나르사스는 찬성하지 않았다.

"병사들에게 휴식을 주어야만 합니다."

그것이 나르사스의 의견이었다. 제2차 아트로파테네 회전에서 파르스군은 2만 5천 명을 동원했으며 전사자는 2천이었다. 루시타니아군은 10만이 전장에 전개되어 2만 5천이 전사했다. 물론 파르스군의 대승리였으나 매사에는 두 가지 일면이 있다. 나르사스는 수단을 쥐어짜내 루시타니아군의 수뇌부를 심리적으로 휘둘러댔다. 루시타니아군은 10만이 있으면서도 실전에 참가했던 것은 전체의 6할 정도여서 총력을 기울여 싸울 기회는 얻지 못한 채 파르스군의 전술에 희롱당하고 말았다. 소수의 파르스군에 의해 분단되고 질질 끌려다녀, 결국 마지막까지 상대가 소수라는 사실을 깨닫지 못했다.

루시타니아군은 반쯤 자멸했다 해도 과언이 아니었다. 이는 파르스군의 작전이 뛰어났다는 뜻이지만, 반대로 말하자면 루시타니아군은 충분한 여력이 있었던 셈이다. 후방에 대기했던 2만은 거의 싸우지도 못하고 패세에 휘말려 도망치고 말았다. 그들이 진심으로 싸웠다면 파르스군을 포위하고 궤멸시킬 수도 있었을 것이다.

그리고 파르스군은 2만 5천 병사가 한 사람도 빠짐없이 실전에 참가했다. 그것도 격전을 거듭하며 광대한 전장을 이리저리 뛰어다녔다. 가장 활약한 것은 용장 다륜이었으며 애마 '샤브랑'을 몰아 전장의 끝에서 끝까지 질주하고, 그러는 동안 식사도 하지 않았다.

이리하여 전쟁이 끝나자 파르스군은 지칠 대로 지친 나머지 주저앉은 채 움직일 수가 없었다. '샤브랑'이 지쳐 엎드린 곁에서 다륜도 투구를 벗고 주저앉아 버렸으며, 목이 너무 말라 한동안은 목소리도 나오지 않았을 정도였다.

"만일 지금 루시타니아군이 돌아와 공격한다면 우린 다 죽어버리겠네."

알프리드가 심각한 표정으로 말하자, 주저앉은 아군을 둘러보던 나르사스가 지당한 말이라며 웃지도 않고

동의했을 정도였다.

　나르사스가 왕제 기스카르를 풀어준 이유 중 하나가 그 것이었다. 어정쩡하게 포로로 삼았다가 결사의 각오를 한 루시타니아 병사들이 탈환하러 오기라도 하면 버티지 못할 것이다. 그러나 기스카르를 마르얌 왕국으로 쫓아 내면 그에게 충성하는 자들도 마르얌으로 도망가지 않겠 는가. 총대주교 보댕의 이름을 들먹여 기스카르에게 암 시를 주었던 것도 나르사스에게는 필사적인 책략이었다.

　"뭐, 앞으로 이삼 년은 마르얌에서 세력 다툼을 벌이겠 지. 만약 승부가 단기간에 나더라도 후유증이 남아서 당 장은 파르스를 재침략할 수 없을 거야. 그 무렵에는 동쪽 신두라에서도 라자(국왕) 라젠드라가 무언가 준동을 시작 할 테지. 하지만 지금 당장은 이 정도면 충분해."

　날이 밝자 아르슬란은 루시타니아군에게서 빼앗은 재 물의 일부를 부하들에게 나누어주기로 했다. 주된 장군 들만이 아니라 일반 병사들에게까지.

　아르슬란은 보석이며 디나르 따위에 관심도 미련도 없 었다. 살아남은 병사들과 전사한 병사의 유족에게 이런 것들을 나누어주도록 나르사스에게 지시해, 왕실에서 대대로 전해진 보관寶冠이며 지팡이, 열왕의 유품 같은 것들은 제외하고 거의 전부 다 내주게 되었다. 그저 감 상만으로 그렇게 지시한 것이 아니었다.

"우리 군은 약탈을 굳게 금지하니 병사들 중에는 불만을 가진 자도 있을지 모르네. 형벌을 엄히 하는 것만이 아니라 이렇게 재물도 나누어주면 그들도 기꺼이 군율을 지킬 걸세."

"분부에 따르겠나이다."

나르사스가 아르슬란에게 상당히 속이 깊은 분이라는 감상을 품었던 것도 이러한 때였다. 아르슬란이 가진 지배자로서의 본질이 '꿈꾸는 이상가'임을 나르사스는 잘 알지만, 그런 주제에 이렇게 날카로운 현실감각을 겸비한 자는 좀처럼 찾아보기 힘들다. 현실을 접근시키기 위한 방책을 확실하게 알고 있다면 이것은 왕으로서 훌륭한 통치 기술을 갖추었다는 뜻이다.

그런 나르사스가 감상을 늘어놓자 다륜이 재미있다는 듯 웃었다.

"뭔가. 새삼스레 그런 소리를 하나? 왕태자 전하의 자질이야 나는 옛날부터 알고 있었는데."

"아는 것과 믿는 건 다른 일이라고 생각하네만."

"물론 그렇지. 이를테면 자네가 가진 모종의 재능에 대해 내가 아는 바와 자네가 믿는 바에는 큰 차이가 있거든."

"하고 싶은 말이 있다면 확실하게 하는 게 어떤가, 다륜."

"이 이상 확실히 말할 수 있겠나?"

실없는 농담을 주고받는 것도 커다란 과업 하나를 마쳤다는 안도감이 있기 때문이었다. 전부는 아니라지만 아무튼 하나는 끝났으니까. 기이브의 표현을 빌자면 '점심 식사 걱정은 점심때가 다가왔을 때 하면 된다'.

투란인인 짐사도 재물을 분배받았다. 디나르 200닢과 사람 머리통만 한 자루에 가득 든 사금, 그리고 굵은 진주 100개였다. 참으로 배포가 큰 왕태자라며 기뻐하는 그에게 비아냥거리듯 말을 건 자가 있었다. 신두라인인 자스완트였다.

"자네는 주군을 배포를 기준으로 평가하나?"

"신하에게는 배포가 큰 주군이 쩨쩨한 주군보다 고마운 법일세. 당연한 것 아닌가."

짐사는 태연했다. 그는 투란인이다. 투란의 카간은 극단적으로 말하자면 약탈한 재물을 공평하게 분배하는 것이 가장 큰 역할이었다. 짐사는 그렇게 생각했다. 그렇기에 좀스럽게 아끼지 않는 아르슬란에게 왕의 자격을 인정해준 것이다. 다음에는 더 큰 무훈을 세워 더 많은 은상을 받도록 노력해야겠다고 생각했다. 그는 그 나름대로 아르슬란에게 충절을 맹세하고자 생각한 셈이지만 그러한 심정을 그가 입에 담으면 이런 말이 되었다.

"아무튼 왕태자님도 묘한 분이군."

"훌륭한 분이라고 하게."

자스완트가 눈썹을 곤두세웠다. 그는 파르스 사람이 아니라는 점에서는 짐사와 같지만 아무래도 성격에는 상당히 차이가 있는 것 같았다. 자스완트도 짐사와 비교해 뒤지지 않는 보수를 받았다. 물론 감사는 했지만 전하도 좀 섭섭하다는 기분이 있었다. 은상 따위 내려주지 않아도 자스완트는 아르슬란을 위해 얼마든지 싸울 생각이었다.

카히나 파랑기스가 받은 은상은 금화보다도 보석 위주였다. 무지개의 파편을 다져놓은 듯 다채로운 보석의 무리를 보며 기이브가 말했다.

"파랑기스 님의 아름다움에는 어떤 보석도 미치지 못하는군요. 파랑기스 님은 그야말로 무지개의 여왕이라 부를 만한 분입니다."

"그대의 혀도 무지개와 같군. 각각 색이 다른 혀가 일곱 개 정도 보이네."

"아니, 파랑기스 님은 모르시는군요. 그 외에도 투명한 혀가 열 개 정도 더 있다는 사실을."

파랑기스는 언젠가 이 모든 것들을 미스라 신전에 기부할 생각으로 왕태자의 호의를 고맙게 받아들였다. 그때까지는 자신이 치장하는 데 쓰기도 하겠지만 보석은 닳는 것도 썩는 것도 아니므로 그건 상관없었다.

기이브는 디나르 외에도 자루에 네 종류의 보석이 박힌 황금 단검을 받았다. 보석의 색은 푸른색, 녹색, 노란색, 보라색이라 붉은색이 빠지기는 했지만 그 점에 대해 기이브는 이렇게 말했다.

"뭐 어때. 붉은색은 칼날에 묻게 될 텐데."

다륜과 나르사스는 고분고분 은상을 받아들였다. 그들은 궁정에서 일한 적이 있는 만큼 사정을 잘 안다. 공적에 대해 은상을 제대로 내리지 않으면 질서도 인심도 흐트러져버린다는 사실을. 다만 다륜은 걱정했다. 훗날 샤오가,

"멋대로 은상을 베풀다니, 이게 무슨 짓이냐!"

그렇게 왕태자를 책망하는 것은 아닐까 하고. 나르사스는 이렇게 대답했다.

"괜찮아. 보물의 절반은 루시타니아군이 가지고 도망쳤는걸. 여기 있는 건 환상일세. 마음에 둘 것 없어."

자라반트, 엘람, 메르레인, 알프리드도 각각 은상을 받았다. 이제 나르사스와 결혼할 지참금이 생겼다며 알프리드가 기뻐하자 발끈한 엘람이 끼어들었다.

"지참금은 무슨. 이혼 위자료 선불이겠지."

"시끄러워. 남이 행복해지는 게 그렇게 못마땅해?!"

"네가 행복해지는 건 상관없어. 나르사스 님이 불행해지는 걸 그냥 두고 볼 수 없을 뿐이지."

"아, 그런 소릴 했겠다! 그럼 우선 너부터 불행하게 만들어줄까!"

"너를 알게 된 것만으로도 충분히 불행해."

그런 무해한 싸움들은 둘째 치고, 은상 하사가 끝나자 아르슬란은 다륜과 나르사스를 불러 말했다.

"다륜, 나르사스. 나는 왕도로 가고 싶네."

"지금이 과연 그럴 시기일는지……."

"왕도에 가서 아바마마와 히르메스 경과 이야기를 나눠보고 싶네. 아니, 이야기를 나누는 것이 당치 않다면 직접 정세를 살피는 정도로도 족하네."

왕태자의 심정은 잘 알지만 다륜은 걱정이 되었다. 확실히 말해 안드라고라스 왕은 적이라는 생각이 있었다.

"아바마마께는 키슈바드가 있네. 폐를 끼쳐 미안하지만 그가 중재해줄 수도 있지 않겠나."

"그야 키슈바드 경은 기대해볼 만한 사람이지만, 그에게도 처지란 것이 있습니다."

다륜이 고개를 갸웃하며 나르사스를 쳐다보았다. 자네도 전하를 좀 말리라고 시선으로 말한 것이다. 원래 나르사스는 안드라고라스와 히르메스가 열심히 싸운 끝에 아르슬란이 나서서 사태를 수습하면 좋겠다는 의견이었다. 그러니 지금은 다륜과 함께 아르슬란을 말려야 할 것이다. 그런데 약간 뜸을 들이던 나르사스는 고개를 끄덕이더니 아르슬란에게 찬성하는 뜻을 보였다. 다룐은 놀랐으나 나르사스가 목소리를 죽여 이유를 설명하자 그도 찬성하지 않을 수 없었다.

아르슬란을 따르는 자는 여덟 명과 한 마리. 다룐, 나르사스, 기이브, 파랑기스, 엘람, 알프리드, 자스완트, 그리고 아즈라일과 에스텔이었다. 자라반트와 짐사, 그리고 메르레인은 군을 이끌고 남하하여 옥서스 강 최상류에서 구라즈와 합류하기로 했다. 그곳에서 병사를 쉬게 하고 조만간 왕도로 출발할 준비를 갖출 것이다. 전군을 안내하는 역할은 메르레인이 맡았다. 나르사스는 구라즈에게 사정을 설명하는 편지를 써서 이를 메르레인에게 맡겼다.

"잘 부탁하네."

왕태자의 부탁에 메르레인은 매우 부루퉁한 표정으로 고개를 끄덕였다. 성실함과 책임감은 충분히 있지만 태어났을 때부터 '애교'란 것을 어딘가에 떨어뜨리고 나왔으므로 그러한 표정이 되고 말았다. 또한 왕태자에게 '부탁한다'는 말을 들은 것도 내심 기뻤으나 독립자존 의식이 강한 조트족으로서 왕자에게 부탁을 받았다고 기쁜 표정을 지어서는 안 된다고 믿으니 더더욱 부루퉁한 것처럼 보였다.

8월 14일, 아르슬란을 비롯한 9기와 한 마리는 군을 떠나 엑바타나로 향했다.

II

"사왕 자하크 님의 이름에 영광 있으라. 마침내 이날
이 왔도다. 반역자 카이 호스로 놈의 자손들이 서로 피
를 흘릴 날이."

음습한 목소리에 기괴한 기쁨이 깃들었다. 그것은 왕
도 지하 깊은 곳에 도사린 인물의 목소리였으며 암회색
옷 속에 잠겨 신음인지 장례식의 종소리인지 알 수 없는
음률을 땅속에 퍼뜨렸다.

다만 그 목소리는 아직 지상의 인간에게는 들리지 않
았다. 지상의 인간들은 어둠을 가둬놓은 대지의 표면에
서 갑주와 검 소리를 높여 돌아다니고 강렬한 햇빛을 받
으며 싸우기도 하고 쉬기도 했다.

히르메스 왕자를 섬기는 잔데는 이래저래 다망했다.
그저 전투 지휘만이 아니라, 성벽을 지키는 병사들 사
이에 불안이 높아지는 것 같아 이를 다독여야만 했다.
병사들의 불안은 전투 그 자체에 대한 것이 아니었다.

만일 싸워서 패배하고 포로가 된다면 그들은 국왕에
대한 반역자로 처형당하는 것 아닌가 하는 불안이었다.

"그런 일은 일어나지 않는다. 히르메스 전하야말로 파

르스의 정통한 샤오이시니까. 조만간 정식으로 대관하실 테고, 그러면 우리는 샤오의 친위대로 후한 대우를 받을 것이다."

잔데는 일동의 불안을 열심히 씻어내주고 다녔다. 그도 마르즈반이나 샤흐르다란이 되는 꿈을 마음에 그리고 있었다. 히르메스에 대한 충성심은 물론 있었지만 주군이 옥좌에 앉으면 잔데가 영달하는 것도 당연하다.

잔데의 격려가 공을 발휘해 병사들의 사기는 회복되었다. 오만하게 고함을 질러대면 오히려 반감을 산다는 사실을 잔데는 잘 알았던 것이다.

애초에 농성이란 어디선가 원군이 온다는 전제 아래 하는 것이다. 히르메스의 경우 어디서도 원군이 올 리가 없다. 영원히 성문을 닫고 틀어박힐 수는 없다. 엑바타나는 대도시이며 당연히 식량은 성 밖에서 가지고 들어와야만 한다. 시민이 굶주리기 시작하기 전에 결판을 내야만 했다. 잔데의 그러한 말에 히르메스는 대답했다.

"걱정하지 마라. 내게는 단기간에 결판을 내기 위한 수단이 있으니."

"그것이 무엇이옵니까?"

잔데는 알고 있었지만 공손히 물었다.

"나와 안드라고라스가 1대 1로 결투하는 것이다. 유일무이한 옥좌를 걸고서 말이다. 놈은 거부하지 않을 것이다. 겁쟁이라고 조롱을 사고 싶지 않다면."

히르메스는 소리를 내 웃었으나 그 웃음은 오래가지 못했다. 잔데가 무언가를 말하고 싶은 표정을 짓고 있었던 것이다. 천에 가려진 히르메스의 왼쪽 눈이 날카롭게 빛났다.

"내가 패배하리라 생각하나, 잔데."

용사의 긍지에 상처를 입어 히르메스가 목소리를 날카롭게 하자 잔데는 황송해하며 거구를 움츠렸다.

"정정당당한 싸움이라면 전하께서 패배하실 일은 없을 것이옵니다. 하오나……."

"하오나, 뭐냐."

"안드라고라스 놈이 정신이 나가 무슨 수단을 쓸지 알 수 없사옵니다. 조심하셔서 나쁠 것은 없사옵니다."

잔데는 망설이면서 말을 이었다.

"게다가 아르슬란 왕자도 조금 마음에 걸리옵니다. 그 왕자는 대체 어디 있는 것인지……. 안드라고라스의 진중에 있는 것일는지요."

"고려할 가치도 없는 일이다. 괘념치 마라."

히르메스는 내뱉었다.

잔데의 걱정을 히르메스는 잘 알았다. 기껏 탈환한 왕도가 히르메스에게는 순식간에 무거운 짐이 되고 말았다. 안드라고라스의 공격을 막아내며 백만 시민에게 식량을 주어야만 한다. 이미 물 부족은 심각한 지경이어서 성내의 핏자국을 씻어낼 수조차 없었다. 일부에서는 시독屍毒에 의한 역병이 발생했다는 소문도 있었다. 루시타니아군의 지배 체제가 박살이 나고 파르스의 옛 통치 체제는 아직도 복구되지 않아, 해야만 하는데도 손을 대지 못하는 일들이 늘어만 갔다. 그중에서도 문제는 히르메스에 대한 시민들의 실망감이 증대되고 있다는 것이었다. 히르메스가 왕도를 지배하는데도 무엇 하나 좋아진 것이 없으니 시민들이 실망하는 것도 무리는 아니다.

분명한 것은 히르메스가 원했다는 것이다. 왕도 엑바타나의 성벽, 부하들의 헌신적인 충성,

그리고 무엇보다 왕위의 정통성!

후스라브 경으로 둔갑했던 마도사는 비밀인지 뭔지를 히르메스에게 말하려 했다. 그런데 안드라고라스가 엑바타나에 쳐들어온 것과 동시에 마도사는 모습을 감추어 히르메스는 비밀을 듣지 못했다. 마도사의 목적은 히르메스의 마음에 탁한 불안을 던져주는 것. 이를 어렴풋이 깨닫기는 했으나 히르메스는 신경을 쓰지 않을 수 없었다. 놈은 무엇을 알고 무엇을 말하려 했단 말인가.

히르메스는 마르얌의 왕녀 이리나 공주와 만나고 싶어졌다. 그녀만이 그에게 안식을 가져다준다는 것을 알면

서 히르메스는 그녀를 피해 다녔다. 안드라고라스와의 대결을 마칠 때까지는 그래야 한다고 생각했기에.

8월 14일 이후 지하수도에서는 격렬한 살육전이 펼쳐지고 있었다. 드디어 안드라고라스가 공세에 나선 것이다. 단숨에 천 명이 넘는 병사를 투입해 방어를 돌파하려 했다.

이곳을 돌파당하면 최종적으로 히르메스 진영에 승리란 없다. 다행히 지리적 이점은 히르메스 진영에 있었다.

방어지휘관은 삼이 맡았다. 얄궂게도 작년 가을 삼은 지하수도의 존재를 알지 못해 그곳으로 히르메스가 침입하여 엑바타나가 함락되었다. 그러나 지금 삼은 지하수도 내에 그물이며 밧줄을 쳐놓아 안드라고라스의 병사들을 유인해 움직임을 봉쇄하고는 그곳에 기름을 흘려보냈다.

기름에 불이 붙어 지하수도 전체가 황금색으로 빛났다. 도망치지도 못한 채 안드라고라스 군의 병사들은 불길에 휩싸여 절규와 함께 발버둥 쳤다. '그물에 걸린 물고기처럼'이라는 표현 그대로 불덩어리가 되어 뛰어다녔다.

불그림자를 보고 절규를 들은 안드라고라스 군의 병사

들이 더욱 밀려들었지만 그물과 밧줄에 가로막히고 불길에 휩싸여 움직이지 못했다. 아군끼리 엎치락뒤치락 얽혔을 때 어둠 속에서 화살이 날아와 물과 피가 튀는 가운데 병사들은 쓰러져갔다. 삼의 지휘는 교묘하기 그지없어 안드라고라스 군은 이미 백 명 단위의 사망자를 내면서도 한 걸음조차 안으로 들어가지 못했다.

"그대인가, 삼 경? 그곳에 있는 것이?!"

키슈바드의 목소리가 돌로 만든 천장과 벽에 메아리쳤다. 히르메스군의 너무나도 교묘한 방어전에 대한 보고를 받고 키슈바드는 직접 지하수도로 들어온 것이다. 아마 삼 자신이 지휘하는 것이 분명했다. 그리고 그 예측은 적중했다.

"키슈바드 경이로군."

삼의 대답은 무겁고 짧았다. 공격하는 병사 하나를 죽일 때마다 인간으로서 죄를 거듭해나간다는 자책감이 있었던 것이다.

두 마르즈반은 빛과 어둠이 교차하는 지하수도에서 대치했다. 키슈바드는 옛 전우에게 안드라고라스 왕의 진영으로 귀순할 것을 권했다.

"자네를 마르즈반에 서임하신 것은 안드라고라스 폐하셨네. 검을 거두고 다시 폐하께 충성을 맹세하게. 건 방진 말이지만 그대의 죄를 용서해 주시도록 나도 폐하께 진언드리겠네."

그렇게 옛 전우에게 권유를 받고 삼은 메마른 목소리로 나직하게 대답했다.

"키슈바드 경, 나는 섬길 주군을 한 번 바꾼 몸일세."

"그건 까닭이 있어서였겠지?"

"한 번 바꾼 것은 운명에 얽매였기 때문. 그렇게 변명할 수도 있네. 하지만 주군을 두 번 바꾼다면 단순한 변절일 뿐일세. 남이 뭐라 하든 나는 그 사실을 잘 아네."

삼은 검을 고쳐 들었다. 두 손에 검을 쥐고 키슈바드는 떠올렸다. 애꾸눈 쿠바드가 했던 말을. 삼은 죽고 싶어 한다고, 쿠바드는 그렇게 말했다. 쿠바드가 옳았음을 키슈바드도 느꼈다.

물론 삼은 비할 데 없는 용사이므로 싸워서 베일 사람은 키슈바드가 될지도 모른다. 어쨌든 키슈바드는 다시 한 번 말하지 않을 수 없었다.

"다시 생각해주게. 살아있으면 그대가 옳다는 것을 인정받을 날도 올 걸세."

"살아남는다 한들 어차피 골육상쟁을 지켜보게 될 걸세. 나는 가르샤스흐나 샤푸르가 부럽네. 그들은 파르스의 무인답게 죽을 자리를 얻었지."

삼의 칼날 끝이 완만하게 호를 그리며 키슈바드의 두 눈 사이를 노렸다.

살기가 어둠을 꿰뚫었다.

수면이 술렁거렸다. 삼이 키슈바드에게 달려든 것이다. 등불 불빛을 반사하며 칼날이 키슈바드의 머리 위로 날아들었다. 돌과 물이 금속성을 난반사시키고 불꽃과 물보라가 칼날 주위에 피어났다.

두 마르즈반은 위치를 바꾸었다. 호흡을 가다듬고, 기회를 보아 다시 격돌했다. 삼의 검이 날아들고 키슈바드가 이마 앞에서 받아냈다. 칼 우는 소리가 높이 치솟은 순간 키슈바드의 오른손 검이 비스듬히 빛의 궤적을 그렸다. 칼날과 갑주가 격돌했다. 삼은 키슈바드의 참격을 피하지 않았다. 그리고 키슈바드도 삼에게 치명적인 참격을 날릴 각오를 하지 못했다. 참으로 어정쩡한 결과가 되어 삼의 갑옷에는 균열이 일어나고 기이한 소리를 내며 키슈바드의 검은 부러져버렸다.

두 용사 중 어느 쪽이 더 실망했는지는 알 수 없었다. 키슈바드의 검 파편이 물에 떨어졌을 때 두 사람은 다시 물을 박차고 있었으나, 칼날을 맞부딪치는 소리를 압도하며 제지하는 목소리가 울려 퍼졌다.

"그만들 두어라. 마르즈반과 마르즈반의 결투를 구경하는 이가 하나도 없어서는 아깝지 않겠느냐."

"폐하……."

두 사람이 동시에 신음하듯 말했다. 갑주를 입은 안드

라고라스 왕의 거구가 그들에게 다가왔다.

"삼, 그곳에서 비켜라."

"외람된 말씀이오나…….."

"비키지 않겠다는 게냐."

"설령 폐하라 하더라도…….."

"후후, 충직한 놈이로고. 그러나 짐이 히르메스와 싸우지 않고 이야기를 나누고 싶다면 어찌하겠느냐."

안드라고라스의 웃음소리가 삼의 몸을 보이지 않는 사슬로 속박했다. 헐떡이는 듯한 표정을 짓는 옛 부하를 안드라고라스는 무거운 박력에 가득 찬 목소리로 압도했다.

"제아무리 어리석은 촌극에도 막은 내리는 법. 그때가 다가온 게다. 아니면 삼, 지금 그대의 주군은 1대 1로 상대와 이야기를 나눌 수도 없는 겁쟁이던가?"

샤오가 입을 다물자 지하수로에는 딱딱한 침묵이 가득 차 한동안 깨지지 않았다.

III

기척이 움직였다. 조용한 기척이 아니라 당당한 인간의 그림자였다. 히르메스만큼 뛰어난 무인이 아니어도 알아차렸을 것이다.

"누구냐, 거기 있는 것이."

히르메스의 목소리가 어둠을 꿰뚫었다. 알현실이었다. 얼굴 오른쪽 절반을 천으로 가린 왕자는 성문에서 싸움을 지휘하지 않을 때는 거의 이 광대한 방에 있었다. 옥좌에 대한 어린아이 같은 집착은 히르메스의 불안을 드러내주었다. 이곳에서 멀어지면 옥좌를 빼앗기는 것은 아닐까 하는. 소년 시절부터 그렇게 갈망하고 겨우 손에 넣었는데도 옥좌는 히르메스에게 불안만을 가져다주는 것 같았다.

불안이 경악으로 바뀌어 폭발한 것은 눈앞에서 숙적의 모습을 보았기 때문이었다. 히르메스는 옥좌에서 말 그대로 펄쩍 뛰며 초대하지 않은 손님을 노려보았다.

"안드라고라스……!"

그의 신음 소리에 샤오는 악의와 함께 대답했다.

"오랜만이구나, 히르메스. 나의 동생아."

"네놈 따위에게 친근하게 인사나 받을 몸이 아니다!"

히르메스는 상대의 말을 밀쳐내고, 그다음에는 경악하여 목소리를 잃었다. 안드라고라스가 그를 무엇이라고 불렀지?! 히르메스는 안드라고라스의 조카이지 동생은 아닐 텐데.

히르메스의 경악을 무시하고 안드라고라스는 힘찬 걸음을 내디뎠다. 히르메스가 장검 자루에 손을 가져다 대는 모습을 보면서도 별로 감흥을 느끼지 않는 것 같았다.

"검은 언제든지 나눌 수 있다. 그러나 그 전에 이야기를 나누어보면 어떻겠나. 지난번에는 지하감옥에서 얼굴을 마주했을 뿐이었으니."

직경 1가즈(약 1미터)의 대리석 원기둥에 안드라고라스는 거구를 기댔다. 갑주 울리는 소리가 히르메스의 귀에 거슬렸다.

히르메스는 기운에 압도되고 있었다. 작년 아트로파테네에서 안드라고라스를 사로잡은 후로는 항상 우위에 서 있다고 생각했는데.

"모든 일의 시작은 나의 아버지, 고타르제스 대왕 시절로 거슬러 올라간다."

안드라고라스가 이야기를 시작했을 때 히르메스는 가로막으려 하지 않았다. 형언할 수 없는 무언가의 끈적거리는 손이 그를 억누르는 것만 같았다. 그는 칼자루에 가져갔던 손을 그대로 둔 채 살아있는 조각상으로 변해 서 있을 수밖에 없었다.

"고타르제스 폐하는 대왕이라 불리기에 부족함이 없는 분이셨으나, 한 가지 결점이 있었지. 짐이 새삼스레입에 담을 필요도 없지만, 어쨌든 미신에 깊이 빠진 분이셨다."

그것은 분명 유명한 사실이었다. 고타르제스 대왕은

즉위한 후로 힘과 총기를 겸비한 명군으로 업적을 쌓았다. 외적의 침입을 네 차례에 걸쳐 물리치고, 가도와 용수로를 정비했으며, 왕립학원을 확장해 학문과 예술을 지키고, 재판관이며 지방 총독으로 뛰어난 인물을 등용했다. 욕심 많은 제후들을 끌어내리고, 무고한 자들을 감옥에서 풀어주었으며, 재해가 있을 때는 민중에게 식량과 의약품을 나누어주었다.

그러나 사람들에게서 칭송받는 명군도 어느샌가 쇠퇴하고 말았다. 신뢰해야 할 무장이나 관리보다도 정체 모를 예언자며 주술사의 의견에 귀를 기울이게 되었다. 중요한 물건을 잃어버렸다가 그들 덕에 찾았기 때문이라고도, 불리하다고 믿어 의심치 않던 전쟁에서 승리하리라는 예언을 받고 그대로 되었기 때문이라고도 한다. 어찌 됐든 국정이나 군사의 실권은 제대로 된 사람들의 손을 떠나갔다. 충언을 올린 장군 한 사람이 국왕의 진노를 사 죄를 뒤집어쓰고 살해당하자 더 이상 아무도 나서지 않고 왕궁을 떠나갔다.

"인간의 마음속 황혼에 파고드는 마성의 존재들이 있지."

안드라고라스의 목소리에 씁쓸한 감정이 배어나왔다. 그는 미신을 싫어하여 자신이 즉위한 후에는 수상쩍은 예언자를 직접 베어버린 일도 있다. 위대한 부왕이 강한 마음을 잃고 평범한 미신가로 전락해버리는 몰골을 보며, 젊었을 적의 안드라고라스는 이를 갈았던 것이다. 그도 훗날 다이람 지방의 영주 나르사스의 충언을 받아들이지 않고 그를 왕궁에서 쫓아내게 되지만, 적어도 이때는 국가와 아버지를 진지하게 근심했다.

안드라고라스의 형 오스로에스는 동생보다도 부왕에게 순종적이라 오히려 비위를 맞추고자 했다. 그러나 그것도 하룻밤 사이에 뒤집어졌다. 오스로에스의 아내를 부왕이 원했기 때문이었다. 오스로에스에게는 자식을 생산하는 능력이 없다고 주술사가 말했다는 이유였다. 파르스의 왕통을 핏줄로 지키고 이어가기 위해서는 직계 자식이 필요했다. 오스로에스는 아버지를 증오하면서도 그 요구를 거부할 수 없었다. 온몸을 떨며, 눈에 핏발을 세우며 그는 자신의 아내를 부왕에게 보냈다.

목소리를 잃은 히르메스는 귀를 기울이고 있었다. 그는 고함을 지르고 싶었다. 거짓말이라 소리치고 싶었다. 허튼소리라 단정 짓고, 불을 뿜는 악룡처럼 허언을 토해내는 안드라고라스의 입에 검을 꽂아주고 싶었다. 그러나 히르메스는 어떤 행동도 할 수 없었다. 손가락 하나 움직이지 못하는 히르메스에게 안드라고라스는 말을 이어나갔다.

"짐과 형은 의논했다. 그리고 한 가지 결론에 이르렀지.

대왕이라 불리는 자의 명성이 모조리 무無로 돌아가도록
수수방관하느니, 그 명성을 지켜드리자고 말이다."

"……."

"이 의미를 알겠느냐, 히르메스."

안드라고라스의 입술이 틀어 올라가며 강인한 치아가
희게 빛났다. 히르메스는 입을 살짝 벌렸으나 역시 소
리를 내지 못했다. 이 사실을 예측했는지 안드라고라스
는 대답을 기다리지 않고 즉시 말을 이었다.

"모른다면 확실하게 가르쳐 주마. 형과 짐은 아버지인
고타르제스 대왕을 몰래 시해해버렸다는 말이다."

이때 안드라고라스의 목소리는 너무나도 나직해 거의
속삭이는 듯했다.

"부모를 죽인 것이지. 그러나 미리 말해두겠다만, 열
심이었던 것은 짐보다도 오히려 형 오스로에스 쪽이었
다. 그것도 당연한 일. 형은 자신의 비를 부왕에게 빼앗
겼으니 말이다."

"아, 아버지가……."

히르메스가 겨우 목소리를 쥐어짜내자 안드라고라스
는 입술 왼쪽 끝만을 틀어올리며 그를 바라보았다.

"그대는 지금 누구를 아버지라 하였는가? 고타르제스
대왕인가, 아니면 오스로에스 5세인가? 앞으로 그대는
누구를 아버지라 부르고 자신의 정체성을 확인할 생각

인가."

"다, 닥쳐라!"

히르메스는 목소리를 떨었다. 그의 손은 칼자루를 잡은 채 여전히 이를 뽑지 못하고, 떨어지려고도 하지 않았다. 한 발이라도 움직이면 그의 과거는 소리를 내며 붕괴되고 말 것 같아서, 그는 그저 서 있을 수밖에 없었다. 그의 뇌는 끓어오르고 폭발할 것 같았다.


안드라고라스와 히르메스 왕자 사이에 끔찍하고 진저리나는 왕궁비화가 흐르고 있을 무렵. 이미 밤은 깊었다. 내키지는 않지만 지하수도를 나와 자신의 천막으로 돌아온 타히르 키슈바드는 새의 날갯짓 소리를 들었다. 천막 일부를 젖히자 힘찬 생물의 그림자가 날아 내려와 기쁨을 견디다 못한 듯 주인에게 달라붙었다. 아즈라일이라는 이름의 매였다.

물론 키슈바드는 깜짝 놀랐다.

"왕태자 전하, 어떻게 이런 곳에……!"

아즈라일이 있는 곳에 왕태자가 있다. 아니, 그 반대일지도. 천막으로 들어서서 모습을 나타낸 것은 왕태자 아르슬란과 그의 일행이었다. 이때까지 아무도 없었던 천막은 금세 사람으로 가득 찼다.

아르슬란은 재빨리 사정을 설명했다. 자라반트와 짐사가 그의 곁에 왔다는 것, 아트로파테네 평원에서 루시타니아군을 격파하고 왕제 기스카르 공작을 마르얌으로 추방해 침략자를 소탕했다는 것, 샤오를 만나고 싶어 이곳까지 왔다는 것. 키슈바드는 고개를 크게 끄덕였다.

"백성들을 위해 참으로 훌륭한 일을 하셨사옵니다. 하오나 옥체에 부상을 입거나 하지는 않으셨는지요?"

"나는 그저 서 있었을 뿐일세. 싸워준 것은 다른 이들이고, 나는 모두에게 보호를 받았지. 괜찮네, 긁힌 상처 하나 없었네."

이럴 때 아르슬란은 주눅이 들지 않는다. 나르사스 경의 교육으로 왕의 의무라는 것을 잘 이해했으리라고 키슈바드는 생각했다.

"그건 그렇다 쳐도 용케 진지를 통과하셨군요."

"투스가 들여보내주었네."

그 말에 키슈바드는 처음으로 깨달았다. 말없는 철쇄술의 고수가 말없이 천막 입구에 서 있었음을. 아르슬란이 다시 말했다.

"이스판도 도와주었지. 병사들의 주의를 끌기 위해 다른 방향으로 출동하고 있네."

"이거 참, 우리 군에는 배신자들밖에 없군요."

키슈바드는 농담처럼 말했으나 아르슬란의 재능에 혀를 내두를 따름이었다. 마음을 얻는 재능 말이다. 아르슬란과 만나면 많은 자들이 이 사람을 일으켜주고 싶다는 기분에 사로잡힌다. 군주로서 참으로 얻기 힘든 자질일 것이다.

키슈바드는 자신들 측의 사정을 설명했다. 안드라고라스는 히르메스 왕자와 이야기를 나누겠다고 이미 홀로 입성했으니, 왕태자가 샤오와 만날 수는 없을 것이라고.

"그렇다면 어마마마를 뵙고 싶네."

"전하······."

키슈바드의 말문이 막혔다. 이것은 아르슬란에게는 당연한 욕구였으나, 어머니인 왕비 타흐미네가 아르슬란에게 정을 주지 않음을 모두가 잘 안다. 망설이는 키슈바드의 귀에 갑자기 여성의 목소리가 들렸다.

"말리실 것 없습니다, 키슈바드 경. 왕태자가 만나고 싶다고 하지 않습니까. 나도 만나서 이야기하고 싶은 것이 있습니다."

그 목소리의 주인을 알아차리고 키슈바드는 살짝 몸을 떨었다. 물론 이는 왕비 타흐미네였다. 베일로 얼굴을 감싼 그녀가 천막 입구에 서 있었던 것이다. 투스가 서둘러 입구에서 몸을 비키고 일동은 일제히 무릎을 꿇었다. 다만 기이브 혼자 약간 늦었다.

　기이브는 비아냥거리는 시선으로 왕비의 얼굴을 훑었지만 베일에 싸인 왕비의 얼굴은 표정을 감추고 지나가 버렸다. 왕비는 일동에게 한마디도 하지 않았으나 그녀의 요구는 명백했다. 키슈바드가 손짓으로 일동을 채근해, 아르슬란의 부하들은 퇴실했다. 천막 안에 왕비 타흐미네와 왕태자 아르슬란만이 남았다.

### IV

　키슈바드의 배려로 아르슬란의 부하들은 옆 천막으로 이동했다. 투스는 자신의 진지로 돌아가고 천막 주위는 키슈바드 자신이 엄선한 병사들이 에워쌌다. 이는 물론 왕태자 일행을 지키기 위해서였지만 동시에 그들을 가둘 강철의 원진이기도 했다. 키슈바드의 인격과는 별도로, 사정이 급변할 경우란 얼마든지 있는 법이다. 생사의 환경을 무력으로 돌파했던 전사들의 인식은 호락호락하지 않았다.

　'여차하면 베고 돌파할 수밖에.'

　자신의 검 한 자루로 왕도 성벽을 선홍색으로 물들여 주리라. 그런 결의가 다룬에게는 있었다. 설령 상대가 안드라고라스라 하더라도 이제는 사양하지 않으리라.

다륜은 장검의 코등이를 한 번 울린 후로는 조각상처럼 앉아 움직이지 않았다.

다륜과는 대조적으로 이리저리 잘 돌아다니는 자도 있었다. 자칭 유랑악사 기이브는 애초에 천막에 없었다. 이동하는 일동 틈에서 소리도 없이 슬쩍 빠져나와 아르슬란과 타흐미네가 있는 천막으로 몰래 다가갔다. 천한 장 너머에서 내부의 분위기를 살피고, 한쪽 귀를 가져다 댔다. 갑자기 누군가가 어깨를 두드려 기이브는 온몸을 굳혔다. 큰 소리를 내지도 못하고 황급히 돌아보니 '아름다운 파랑기스 님'이 서 있었다.

"남의 말을 엿듣다니 우아하지 못한 취미로고. 이쪽으로 와서 얌전히 계시게. 다륜 경을 본받아서."

"하지만 말입니다, 파랑기스 님. 저 모자가 대체 어떤 표정으로 어떤 이야기를 나눌지 나의 때 묻지 않은 호기심이 지식을 탐내 마지않…… 아야야야!"

기이브의 귀는 파랑기스의 하얀 손가락에 붙들려 그의 늘씬한 몸은 반쯤 허공에 매달리고 말았다.

"찌들 대로 찌든 주제에 때 묻지 않았다는 말을 가벼이 쓰지 마시게. 모자 대면을 방해하다니, 그런 야박한 짓이 어디 있나."

"크윽……. 파랑기스 님은 저 왕비님을 모르시니 그렇게 말씀하실 수 있는 겁니다. 나는 아르슬란 전하가 걱정되어서……."

"잘 알다마다."

파랑기스는 딱 잘라 대답했다.

"내가 있던 신전은 아르슬란 왕자님이 탄생하셨을 때에 왕실의 기부로 지어진 것이라 말씀드리지 않았던가."

그 이상은 아무 말도 하지 않고 파랑기스는 기이브의 귀를 잡은 채 자신들의 천막으로 걸어갔다. 그 모습을 본 병사들은 반은 웃고 반은 기이하다는 표정으로 쳐다보았다.

천막 안에 있던 아르슬란은 밖에서 사람 목소리를 듣기는 했지만 주의를 기울일 수는 없었다. 어머니와의 재회가 훨씬 중요했다. 뻣뻣하고 불안한 침묵을 타흐미네 왕비가 먼저 깨뜨렸다.

"아르슬란, 늠름해졌구나. 못 알아볼 정도로."

"어마마마도 건강하신 것 같아 기쁘옵니다."

어머니도 자식도 깍듯이 예의를 지켰다. 예의란 예로부터 전해져온, 사회의 인간관계를 원활히 하는 지혜일 터. 그러나 이 경우 예의는 눈에 보이지 않는 벽이 되어 모자 사이를 가로막고 있는 듯했다.

그것이 오히려 아르슬란을 더욱 침착하게 만들었다. 어머니가 눈물과 함께 포옹해주었다면 아르슬란은 기뻐한 동시에 당황하여 마음속의 조용한 결의가 흐트러지고 어찌해야 좋을지 알 수 없었을 것이다. 하지만 그러지 않는 어머니의 태도를 보고 아르슬란은 생각했다.

'아아, 역시.'

그리고 마음의 준비를 할 수 있었다.

"아르슬란, 너는 나의 아이가 아니다."

날아든 목소리는 아르슬란의 마음을 부숴버리지는 않았다. 최악의 상상은 최악의 사실이 되었다. 아르슬란은 이성을 잃고 날뛰거나 하지는 않았다. 그러나 마음은 부서지지 않았어도 싸늘한 물이 스며드는 것처럼 영혼이 식어버리는 기분을 느끼지 않을 수 없었다. 호흡과 성조를 가다듬고 그는 다시 입을 열었다.

"혹시 그렇지 않을까 생각했사옵니다. 그러면 저의 친부모님은 누구인지요. 혹시 아시는 바가 있나이까?"

"내가 아는 바로 너의 어머니는 이름도 없는 평범한 기사의 여식이었다고 한다."

그 여성은 역시 평범한 기사와 결혼하여 자식을 낳았다. 원래 병약한 여성이어서 자식을 낳고 열흘 후 힘이 다해 숨을 거두었다. 죽을 때는 젖먹이에게 젖을 물려주고 있었다고 한다. 어쩔 줄 몰라 하던 젊은 아버지는 왕궁에서 온 사자의 방문을 받아 자신의 자식을 바쳤다. 그는 디나르로 보상을 받았으며 백기장으로 출세하여 전장에 나갔고, 그곳에서 돌아오지 못했다. 가문은 대가 끊어지고 조그만 집은 허물어져 그 터에는 다른 집이 세워졌다. 모두 잊히도록 가공되어, 실제로 잊혔다······.

"그랬사옵니까. 확실히 알아두고자 했사옵니다. 어정쩡한 것이 싫었기에. 그러나 이제 마음이 놓였나이다."

크게 숨을 내쉬고 아르슬란은 왕비를 똑바로 바라보았다. 아르슬란은 이제까지 타인에게 얼굴을 감춘 적이 없었으며 앞으로도 결코 없을 것이다.

"다시 말해 저는 파르스 왕가의 핏줄이 아니며, 왕위를 요구할 자격은 없는 것이옵니까?"

"그래, 그 말이 옳다."

"그렇다 해도 왜 아이를 바꿔야만 했사옵니까?"

"그 아이가 여자아이였기 때문이다."

아아, 그랬구나.

아르슬란은 이해했다. 한 아이를 출산한 후 타흐미네는 몸이 상해 두 번 다시 아이를 생산할 수 없는 몸이되었다. 파르스에서는 여자에게 왕위계승권이 없다. 안드라고라스는 사랑하는 왕비의 정치적인 입장을 지키기위해 자식을 바꿔치기했던 것이다. 어쩌면 훗날 다른여성에게 사내아이를 낳게 할 생각이었는지도 모른다.

"그렇다면 어마마마의 진짜 아이는 어디 있나이까?"

'어마마마'라는 호칭은 이제 올바르지 않을 것이다. 그러나 달리 어떻게 불러야 좋을지 몰랐으므로 어쩔 수 없었다. 타흐미네도 굳이 이의를 제기하려고는 하지 않았다.

"어디 있는지는 나도 모른다. 몇 번이나 폐하께 여쭈었으나 가르쳐 주시지 않았지."

분노로 다 담을 수 없는 원망과 조바심이 왕비의 목소리에서 느껴졌다. 타흐미네는 망국의 여성이었다. 태어나 자라났던 나라가 안드라고라스에 의해 멸망당하고, 정복자들의 일방적인 사랑을 받는 몸이 되었는데도 '불길한 여자'라 비난을 샀다. 타흐미네는 언제나 기다렸다. 바다흐샨 공작, 파르스 샤오, 루시타니아 국왕. 바라지도 않는 사랑을 강요받으면서 그녀는 기다렸다. 무엇을 기다리는지, 그녀도 아마 알지 못한 채로.

"아르슬란, 너를 증오하는 것도 도리는 아니겠지. 그 사실은 나도 잘 안다만, 그래도 나는 눈에 보이는 것을 증오할 수밖에 없었다."

타흐미네의 목소리가 떨렸다. 감정을 가지지 않은 여성이라고까지 여겨졌던 그녀는 결코 그렇지 않았다.

"아르슬란 너를 볼 때마다 나의 아이는 어디에 있을지, 그런 생각을 하면 견딜 수 없는 기분이었다. 가엾은 아이. 가엾은 나의 아이!"

타흐미네의 탄식을 아르슬란은 꼼짝도 않고 바라보았다. 자신도 불쌍하다고, 그렇게 생각하지 않을 수 없었으나 그 말은 입 밖으로 내지 않았다. 적어도 아르슬란에게는 충직한 벗이 몇이나 있지 않은가. 왕비에게는 잃어버린 아이 말고는 아무도 없었다. 그리고 타흐미네의 아이는 그야말로 가엾은 존재였다.

또 한 가지 확인해야만 할 것이 있었다. 아르슬란을 길러준 유모 부부에 대해서였다. 상한 나비드를 마시고 죽은 그들은 정말로 우연히 죽었던 것일까.

"역시 살해당한 것이었사옵니까?"

"그랬지. 훗날 다툼의 씨앗이 되지 않도록."

왕비의 말이 싸늘하게 가슴에 스며들었다. 아르슬란의 뇌리에 과거가 되살아났다. 유모 부부의 손에 자라났던 어린 날. 따뜻한 피가 흐르던 유모의 손. 그것이 느닷없이 끊어지고 호화롭고 싸늘한 운명이 아르슬란에게 들이밀어졌다. 왕위를 위해. 왕가의 안녕을 위해. 아르슬란은 가벼운 현기증을 느꼈다. 그가 중얼거렸다.

"그렇다면, 만일 제가 왕위에 오를 수 없을 경우 저 때문에 죽은 이들은 어떻게 되는지요."

아르슬란은 무의식중에 한 손을 꽉 쥐고 있었다. 아르슬란 자신도 놀라고 있었으나, 이때 그를 부추기는 감정은 분노가 아니었다. 위장이 타들어가는 듯한 격정에 아르슬란은 견딜 수가 없었다.

『이기적인 소리만 늘어놓지 마!』

그렇게 고함을 지르고 싶었다. 어머니라 믿었던 타흐미네에게가 아니었다. 타흐미네 또한 희생자임이 분명했다. 그러나 반대로 말하자면 타흐미네만이 희생자인 것은 아니었다. 아르슬란은 어떤가. 그의 친부모는 어떤가. 유모 부부는 어떤가. 아르슬란을 진짜 왕태자라 믿고 전장에서 쓰러져간 병사들은 어떤가.

그렇게나 많은 희생을 치르면서까지 왕가의 핏줄이란 것을 지켜야만 하는가. 왕가의 핏줄을 지키기 위해 이름 없는 수많은 이들이 죽고 스러져가도 당연하단 말인가. 아르슬란은 그렇다고는 생각할 수 없었다.

"아르슬란⋯⋯?"

왕비의 표정과 목소리가 약간 불분명해졌다. 아르슬란의 반응이 그녀에게는 의외였던 것이다. 아르슬란이 좀 더 이성을 잃고, 소리를 지르고, 분노하여 왕비에게 달려드는 것은 아닐지, 그렇게 생각했다. 그리고 그 사실을 왕비는 입에 담았다.

"나를 책망하지 않느냐, 아르슬란."

그 질문에 아르슬란은 맑게 갠 밤하늘색 눈동자를 왕비에게 돌렸다. 왕비가 말을 이었다.

"아무리 책망을 들어도 어쩔 수 없다고 생각했다. 네가 나에게 달려들어 주먹을 휘둘러도 어쩔 수 없다고, 감내하리라고 생각했다만."

그 말을 듣고 아르슬란은 깨달았다. 이 아름다운 여성은 결국 아르슬란이라는 한 인간을 이해해주지 않았음을 깨달았다. 타흐미네가 한 말은 그녀 자신의, 그녀 나름의 정성이었으리라. 그러나 그것은 그녀가 아르슬란이라는 인간을 전혀 알려 하지 않았다는 사실을 증명해주기도 했다. 이 자리에 다륜이 있었다면 이렇게 고함을 지르지 않았을까.

"왕태자 전하가, 스스로 어머니라 부르는 분을 때릴 분이라 생각하셨습니까!"

아르슬란은 자제했다. 두 눈을 감고, 이를 다시 떴을 때 그는 더 이상 망설이지도 머뭇거리지도 않았다.

"어마마마, 그만 작별 인사를 드리겠나이다."

아르슬란은 미소를 지었다. 슬픔도 탄식도, 분노도 원망도 결코 보이지 않으리라. 그렇다면 소년이 보일 수 있는 것은 웃음뿐이었다.

"앞으로도 뵐 수 있을지 어떨지는 모르겠사오나, 더 이상 어마마마라 부를 일은 없을 것이옵니다. 이제까지 그렇게 부르게 해 주셔서 감사드리옵니다. 부디 몸 건강하시고, 친자와 재회하기를 빌겠나이다."

깊이, 깊이 고개를 숙여 인사하고, 고개를 든 것과 거의 동시에 아르슬란은 몸을 돌렸다. 타흐미네는 말을 걸 틈도 없이 천막을 뛰쳐나가는 소년의 뒷모습을 지켜보았다. 이때 그녀는 아르슬란이라는 인간의 일면을 처음으로 접했는지도 모른다. 그러나 그것은 거의 한순간일 뿐이었다.

천막을 뛰어나온 아르슬란은 황금 투구에 푸르스름한 첫 서광을 반사시키며, 그를 맞아주는 부하들에게 떠날 것을 밝혔다.

"어디로 가려 하십니까, 전하?"

다룬의 물음에, 말에 뛰어오르며 아르슬란이 대답했다.

"데마반트 산으로."

그 이름을 듣고 말에 올라탄 일동이 흠칫 숨을 멈추었다. 아르슬란의 말이 이어졌다.

"데마반트 산으로 가 보검 루크나바드를 찾겠다. 만일 그것이 왕위를 계승할 자격의 증표라면 나는 이를 얻겠다. 그리고 파르스의 샤오가 되겠다!"

"말씀 잘 하셨습니다. 이 기이브에게 안내를 맡겨주십시오."

기이브의 목소리가 밝았다. 기쁨과 동시에 부추기는 듯한 감정도 묻어나왔다. 키슈바드에게 작별 인사를 건네고, 아르슬란 이하 9기는 동이 트는 하늘 아래로 달려나가기 시작했다.

진지를 통과한 직후 말 위에서 다룬이 벗에게 말을 걸었다.

"자네 생각대로 되었군, 나르사스. 전하는 자신이 파르스의 왕위에 올라야만 한다고 결심하셨네. 솔직히 과연 그럴까 생각했네만, 언제나 자네의 심려원모에는 고개가 숙여지는군."

"사실은 꼭 그렇게 되리란 자신은 없었네."

고백하는 나르사스의 표정은 장난꾸러기처럼 보였다. 아르슬란이 샤오를 만나기 위해 진지를 찾아가고 싶다고 의논했을 때 나르사스는 여기에 찬성하여 다륜을 놀라게 했다. 두 사람은 그 건에 대해 이야기하는 것이었다.

아르슬란은 자신이 파르스 왕실의 핏줄을 물려받지 않았다는 사실을 샤오 내지는 왕비의 입으로 듣게 될 것이다. 그리고 그 후 어떻게 행동할까. 왕의 증거인 보검 루크나바드를 얻기 위해 결연히 마의 산 데마반트로 갈 것인가, 아니면 세상을 비관하고 황금 투구를 집어 던지며 신전에라도 틀어박힐까.

후자라면 아르슬란 한 사람만 마음에 평안을 얻게 될지도 모른다. 그러나 그에 따라 다른 자들은 누구 하나 구원받지 못한다. 굴람 해방도 이루어지지 않고, 더욱 공정하고 청신한 사회가 찾아올 가능성 또한 멀어져 버린다. 아르슬란이 자신에게 주어진 운명에 굴복할지, 혹은 이를 밀쳐낼지. 나르사스에게도 이것은 커다란 시련이었다.

나르사스의 옆에서 말을 몰던 엘람은 군사의 이야기를 들으며 어젯밤 둘이 나누었던 대화를 떠올렸다.

"엘람, 아무리 강대한 왕조라도 300년만 이어지면 충분하다. 사람은 늙어 죽지. 나무도 말라버리고, 차오른 달은 이지러진다. 왕조만이 영원할 수는 없는 게야."

나르사스는 엘람에게 그렇게 말했던 것이다. 대국의 흥망도 그렇고 왕조의 흥망도 그렇고, '흥興'이 있으면 '망亡' 또한 있는 법이다. 이것은 서로 한 몸이며 '흥'만이 존재하는 일은 있을 수 없다. 만물은 언젠가 사라지는 법이다. 이 천지조차 언젠가는.

"그러면 인간의 행위란 모두 허무하지 않습니까?"

엘람은 그것이 궁금해졌다. 그러나 나르사스는 웃었다. 그렇지는 않다고 말했다. 유한한 생명이기에 인간도 국가도 그 범위 내에서 최선을 다해야 하는 법이다. 성현왕 잠시드도 죽었다. 영웅왕 카이 호스로도 죽었다. 그러나 그들의 이름과 그들이 이룬 일들은 사람들의 기억에 남아 전해질 것이다. 그리고 언젠가 그들의 뜻을 따르고, 그들의 업적을 이어나가려 하는 자가 나타난다. 그런 의미를 가졌을 때에야 비로소 잠시드도 카이 호스로도 불사不死가 되는 것이다.

"아르슬란 전하도 불사가 되실 가능성이 있지. 나는 거기에 걸어보겠어."

나르사스는 그렇게 단언했다.

"아마 전하는 왕가의 핏줄을 잇지 않으셨을 게다. 그러나 혈통을 신앙하다니 그런 어리석은 일이 어디 있겠느냐, 엘람. 우리는 성현왕 잠시드의 이름을 알지. 하지만 잠시드의 아버지 이름은 무엇이었지?"

엘람은 대답하지 못했다.

"영웅왕 카이 호스로는 역사에 유례를 찾아볼 수 없는 영웅이었어. 그러면 카이 호스로의 아버지는 어땠지?"

카이 호스로의 아버지에 대해서도 엘람은 알지 못했다. 얼굴을 붉히는 엘람의 어깨를 나르사스는 웃으며 두드려주었다.

"영웅의 자식이라면 반드시 영웅. 명군의 자식이라면 반드시 명군. 인간 세상이 그렇게 규정되어 변하지 않는다면 얼마나 재미가 없겠느냐. 사실은 그렇지 않아. 그렇기에 살아간다는 것이 재미있는 거다."

……엘람은 오른쪽 전방에서 말을 몰아 달려가는 아르슬란의 뒷모습을 바라보았다. 투구가 새벽 햇살에 반짝일 때 엘람은 갑자기 가슴이 뜨거워지는 기분을 느꼈다. 역사의 가능성을 짊어진 소년이 엘람의 바로 곁에 있는 것이다.

"전하, 아르슬란 전하!"

"왜 그러지, 엘람?"

아르슬란이 슬쩍 말의 걸음을 늦추어 엘람은 왕태자와 나란히 말을 몰았다.

"평생 전하와 함께하도록 해 주십시오. 저는 이름도 없는 해방노예의 자식일 뿐이지만……."

그러자 아르슬란은 왼손을 고삐에서 떼더니 이를 엘람에게 내밀었다.

"나도 이름 없는 기사의 자식이다. 하지만 분에 넘치는 소망을 가지고 말았지. 소망을 이루도록 엘람이 도와준다면 기쁘겠어."

말 위에서 맞잡은 손을 그보다도 뒤에서 지장과 용장이 바라보고, 이쪽은 시선을 나누며 고개를 끄덕였다.

V

엑바타나 왕궁에서는 안드라고라스와 히르메스의 대화가 이어지고 있었다. 희망이나 화목함과는 무관한 대화였다.

대화라 해도 거의 안드라고라스가 말을 하고 있었다. 그의 이야기는 즉위의 사정에까지 이르렀다. 오스로에스 5세의 급사, 안드라고라스 3세의 등극, 그리고 히르메스의 '죽음'으로까지 이어지는 혼란의 진상이었다. 오스로에스의 사인은 병사였다. 안드라고라스는 형왕을 죽이지는 않았다. 열병에 의한 죽음을 싸늘하게 지켜보았을 뿐이었다. 그러나 형왕의 임종 직전 부탁은 들었다. 오스로에스 5세는 동생의 손을 쥐고 이렇게 속삭였던 것이다.

『이제는 어쩔 수 없구나. 모든 것을 너에게 주마. 그러나 이것만은 들어다오. 히르메스를 죽여라. 그놈은 내 자식이 아니다. 샤오의 의무라 생각하여 그놈을 자식으로 대접했다만 이제는 그럴 필요도 없다. 놈을 친아버지 곁으로 보내주어라. 그러한 저주받은 아이를 살려두지 마라…….』

안드라고라스가 입을 다물자 히르메스는 납빛으로 변한 얼굴을 한 손으로 가렸다. 격렬한 숨소리와 신음 소리를 되풀이하고, 겨우 손을 내리더니 갈라진 목소리를 쥐어짜냈다.

"안드라고라스, 네놈이 한 말이 설령 진실이라 해도 내가 파르스의 왕족이자 영웅왕 카이 호스로의 자손임에는 변함이 없다."

"옳은 말이다."

안드라고라스는 악의를 담아 고개를 끄덕였다. 히르메스가 무슨 생각으로 말했는지 그는 충분히 알고 있었다. 그리고 그것은 히르메스도 마찬가지였다.

"누가 믿을 줄 알고."

히르메스가 이를 갈았다.

"네놈의 말 따위 믿지 않는다. 어차피 네놈의 고백에는 자신을 감싸려는 심산이 담겨 있을 게 분명하니 말이다. 누가 호락호락 믿을 줄 알고!"

"마음대로 하거라. 달이 태양보다 밝다고 믿든, 개가 코끼리보다 크다고 믿든 너의 자유지. 짐은 사실을 말했을 뿐이다."

"……왜 그런 걸 나에게 가르쳐주었나."

"알고 싶으리라 생각했기에 한 일이다. 후후후…… 반년이나 사슬에 묶여 있으면 다소 보복을 하고 싶어지는 것도 당연지사. 가장 효과적인 것은 진실을 들려주는 것. 그렇기에 그리했을 뿐이다."

안드라고라스는 딱히 으스대는 것 같지도 않았다. 그러나 그 한 마디 한 마디가 히르메스에게는 철퇴로 내리치는 것만 같았다. 무시무시한 패배감과 고독감이 발밑의 바닥을 돌에서 모래로 바꾸고 그를 휩쓸어버릴 것 같았다. 그는 강렬한 압박감을 견뎌내면서 한 가지 생각을 떠올리고 있었다. 그는 칼자루에 가져갔던 손가락을 열심히 쥐었다 폈다 하며 입을 열었다.

"나의 마음에 걸린 것이 있다. 바흐만 늙은이가 페샤와르 성새에서 입에 담았던 말이다."

작년 겨울의 어느 날 밤, 한풍이 몰아치는 페샤와르

성새의 성벽 위에서 히르메스는 네 명의 강적에게 포위 당했다. 다륜, 키슈바드, 카히나, 그리고 사이비 시인. 네 명이 든 다섯 자루의 검이 은색 파도를 이으며 밀려들었을 때 노장 바흐만의 침통한 외침이 일동을 얼어붙게 만들었던 것이다.

『그분을 죽여서는 안 돼! 그분을 해하면 파르스 왕가의 정통한 혈맥이 끊어지고 마네!』

그때는 강적들의 칼에서 벗어나느라 정신이 없었다. 탈출한 후 바흐만의 외침을 떠올리고도 달리 마음에 두지는 않았다. 히르메스의 정체를 알았던 바흐만이 그렇게 외치는 것도 당연하다고 생각했기 때문이다. 그러나 냉정히 생각해보면 이상한 말이었다. 히르메스가 죽는다 해도 아르슬란이 살면 파르스의 왕통이 끊어질 리가 없지 않은가. 바흐만이 정신이 나갔던 걸까? 아니, 그는 심리적으로 궁지에 몰려 진실을 외쳤던 것이다. 그 사실에서 도출된 결론은 단 한 가지. 아르슬란은 왕가의 피를 이어받지 않았다는 사실이다!

"아르슬란 놈의 정체는 뭐냐."

히르메스는 아르슬란을 참혹하게 죽여버릴 생각이었다. 원수 안드라고라스의 피를 물려받은 자라 생각했기에. 그러나 만일 아르슬란이 안드라고라스의 자식이 아니라면?

"욕심도 많은 놈이로고. 그대에게는 그대의 정체를 정확하게 밝히지 않았나. 그런데 남의 정체까지 알아서 무엇을 하겠다는 거냐."

안드라고라스는 몸을 움직였다. 갑주가 소리를 내지 않았다. 그만큼 안드라고라스의 움직임은 매끄러웠다. 그것은 사자의 움직임처럼 위험하기 그지없었다. 안드라고라스의 움직임과 그 위험함을 감지한 히르메스도 분명 범속하지는 않았다.

알현실에 살기가 피어나고, 소리도 없이 폭발했다.

어느 쪽이 먼저 발검했는지는 모르지만 두 자루의 검이 섬광을 발하며 부딪쳤다. 흉포하게 맞물린 검은 메아리 속에서 떨어지고 다시 격돌했다.

옥좌와 계단을 돌며 두 파르스 왕족은 검을 나누었다. 형과 동생인가, 숙부와 조카인가. 어느 쪽이든 영웅왕 카이 호스로의 피를 물려받은 자들끼리, 아무에게도 간섭을 받지 않고 서로를 베려 한다. 승패는 쉽게 갈리지 않았다. 안드라고라스는 히르메스의 오른쪽으로 돌아가려 했다. 히르메스의 오른쪽 얼굴을 천이 가리고 있으므로 사각에 돌아가려 한 것이다. 물론 히르메스는 그렇게 놓아두지 않겠다는 양 날카로운 칼끝으로 안드라고라스의 움직임을 막았다. 참격과 방어가 눈부신 속도로 교차했다. 끝이 나지 않는 것은 아닐까 여겨지는 결투는 냉혹한 조롱의 목소리에 느닷없이 중단될 수밖에 없었다.

"오랜만이구나, 안드라고라스. 고타르제스 시절에 만난 이후 처음 아니더냐?"

그 목소리가 음습하게 울려 퍼져 눈에 보이지 않는 싸늘한 손바닥으로 안드라고라스와 히르메스의 목덜미를 훑어내렸다. 두 사람은 반사적으로 뒤로 뛰어 물러났다. 이미 50합을 나눈 후였다.

그들에게 세 번째 사내는 그야말로 느닷없이 나타난 것처럼 여겨졌다. 그때까지 아무도 없었던 공간에 사람의 그림자가 출현했던 것이다. 계단 위, 옥좌 옆. 암회색 옷을 걸친 인물이었다. 그 모습을 확인한 안드라고라스가 나직하게 으르렁거렸다.

"그럴 리가……!"

거대한 암반처럼 흔들릴 줄 모르던 안드라고라스가 처음으로 동요한 것이다. 그러나 히르메스가 파고들 허점은 절대 주지 않았다.

"그것은 30년도 더 된 이야기. 게다가 그 마도사는 그때 이미 초로의 나이였다. 살아있다 한들 보통 고령이 아닐 텐데."

안드라고라스가 그렇게 단언한 마도사는 매끄럽고 애젊은 얼굴에 입술을 초승달 모양으로 일그러뜨렸다.

"놀랄 것 없다. 나는 인요人妖인 까닭에 세월의 퇴색이 보통 사람과는 다소 다르지."

마도사는 희미하게 웃었다. 그 웃음에 얼마나 사악하고 심지어 진지한 기쁨이 담겨 있는지.

"너희, 아는 사이였나?"

히르메스의 신음하는 듯한 물음이 마도사의 한층 짙은 조롱을 불러왔다.

"나는 파르스 왕궁을 좋아해서 말이다. 수많은 지인이 있지. 살아남은 것은 그대들 둘뿐이지만 말이야. 고타르제스 왕도, 오스로에스 왕도 참으로 나의 말을 잘 들어주었어."

"네놈은 대체 누구 편이냐?!"

히르메스의 힐문은 그의 입장에서는 당연한 것이었으나 마도사는 완전히 무시했다. 대답할 마음도 들지 않는다는 뜻이리라. 마도사의 충성심은 지상의 존재들을 향한 것이 아니었으므로.

"그런 것보다도 히르메스 왕자, 가르쳐 줄까. 아르슬란의 정체를?"

그리고 마도사가 이야기한 것은 아르슬란이 타흐미네 왕비의 입으로 들었던 것과 같은 내용이었다.

"그렇다면 아르슬란 왕태자에게 왕가의 피는 한 방울도 흐르지 않는다는 말인가."

신음하는 듯한 히르메스의 물음에 마도사는 암회색 냉소로 대답했다.

"한두 방울 정도야 흐를지도 모르지. 카이 호스로 이래 18대, 서자도 있거니와 사생아도 있었으니. 그러나 적어도 아르슬란은 마땅히 공인되어야 할 왕가의 정통한 피를 물려받지는 않았느니라."

비정한 선고는 또렷이 내려졌다. 이 순간 아르슬란은 혈통에 의한 왕위계승권을 완전히 부정당한 것이다. 히르메스는 나직히 신음했으나 안드라고라스는 뻔뻔한 표정으로 침묵을 지켰다. 침묵을 지킨 채 그는 느닷없이 움직였다. 거구가 약동하고 폭이 넓은 빛이 마도사를 향해 수평으로 날아들었다.

마도사의 모습은 사라졌다.

눈 한 번 깜빡할 시간의 공백을 두고 그 모습은 서른 걸음 정도 떨어진 원기둥 앞에 다시 나타났다. 암회색 옷이 깊고 크게 칼에 찢겨나가 있었다. 그곳에 손을 대고 마도사는 뻣뻣하게 굳은 것처럼 보였다. 안드라고라스가 큰 걸음으로 다가갔다. 칼끝에 찢겨나간 옷자락을 걸친 대검을 쳐들고.

"기다려라, 안드라고라스!"

마도사의 목소리에 미미한 당혹감이 깃들었다. 기이하게 혈색 좋은 손이 암회색 옷자락을 붙잡고 있었다.

"그대의 친자식과 만나고 싶지 않은가? 그대의 친자식이 어디 있는지를 아는 자는 나뿐이다. 내가 죽으면 그대는 영원히 친자식을 만나지 못할 게야."

이때 히르메스는 어느 쪽의 편을 들지도 못한 채 검을 한 손에 든 채 뻣뻣하게 서 있을 뿐이었다. 안드라고라스의 목소리가 무겁게 울려 퍼졌다.

"참된 나의 자식이라면 어떠한 처지에 있든 반드시 실력으로 세상에 나올 테지. 네놈 따위에게 운명이 좌우될 나약한 자라면 살았다 한들 소용없는 일. 무명인 채로 죽으면 그만이다."

역시 강직하기로 유명한 샤오다웠다. 안드라고라스는 마도사의 음습한 협박을 멋들어지게 일축했다. 안드라고라스를 증오해 마지않는 히르메스조차 경탄하지 않을 수 없었다.

이때 알현실 밖에서 갑주와 군화 소리가 울려 퍼졌다. 히르메스의 안부를 묻는 굵은 목소리가 들렸다. 이변을 알아차린 잔데가 부하들을 이끌고 몰려왔던 것이다.

제 5 장 영원한 엑바타나

I

　아르슬란의 운명은 남이 강요한 것이었다. 이름도 없는 기사 가문에서 태어난 그는 생후 열흘 만에 어머니를 잃었다. 아버지는 전장에서 돌아오지 않았으나, 분명 입을 막기 위해 전사를 가장하여 죽였을 것이다.

　그 후 열네 살이 될 때까지 아르슬란은 한 시기를 제외하고는 계속 유모 부부 밑에서 양육되었다. 강요당한 운명 속에서 선량한 유모 부부의 존재가 아르슬란을 구해주었다고 할 수 있다. 안드라고라스도 딱히 아르슬란을 불행하게 만들 마음은 없었던 것이다. 아르슬란의 신분은 아트로파테네 회전 직전까지 안정되지 않아, 본인이 모르는 곳에서는 왕태자를 폐하려는 움직임도 있었다. 만일 루시타니아군의 침입이 없었다면 아르슬란이 샤오의 출전에 따라 나가는 일도 없었을지 모른다.

이 모든 것이 타인의 사정에 의해 아르슬란에게 강요된 것이었다.

수많은 이들이 믿었듯 아르슬란이 나약한 젊은이였다면 무거운 운명의 족쇄는 아르슬란의 등뼈를 부러뜨려 그를 없앴을 것이다. 그러나 아르슬란은 주위의 모두가 상상했던 것보다 훨씬 강인한 마음을 가졌다.

"전하의 마음은 메마른 모래가 물을 빨아들이듯 지식과 경험을 흡수하며, 거기에 심지어 당신의 사려를 더하여 더욱 진한 것으로 만드는구나. 참으로 대지의 풍요로움을 상징하는 듯한 분이로다."

군사 나르사스는 그렇게 말하며 자신이 왕의 스승으로서 최고의 제자를 얻었음을 기뻐했다. 작년까지 그는 자신의 제자는 엘람 하나뿐이라 생각했건만 파르스 전체의 불행과 재난은 나르사스에게 뛰어난 한 제자를 안겨주었다. 그 점에서 그는 루시타니아군에게 진심으로 감사했다.

데마반트 산의 기괴한 산세가 10파르상(약 50킬로미터) 동북쪽으로 내다보였다. 그 마을에 도착한 아르슬란 일행은 말을 쉬게 하고 식량을 구입했다. 과거 기이브가 데마반트 산에 단독으로 왔을 때 들렀던 마을이었다. 일동은 마을에 하나뿐인 여관에서 식사를 하기로 결정했는데, 그곳의 주인이 기이브를 기억하고 있었다. 무언가 재미난 이야기는 없느냐고 기이브가 묻자 주인은 한 기묘한 사내가 마을에 살게 되었다고 말해주었다.

그 사내는 기억을 잃고 이 마을에 나타났다고 한다. 외국의 것으로 보이는 지저분한 옷을 입고 외국어임직한 말을 중얼거렸다. 처음에는 예순을 넘긴 노인으로만 여겼지만, 사흘 정도 음식을 먹고 쉬게 하자 피부나 동작이 젊음을 회복했다. 보아하니 마흔도 안 된 것 같은데 머리카락과 수염은 노인처럼 희었다.

이렇게 된 데에는 무언가 깊은 사정이 있었으리라. 그러나 애초에 피차 말이 통하지 않으므로 확인할 도리가 없었다. 현재도 지극히 초보적인 파르스어가 통할 뿐이지만 그 사내는 건강하고 제법 일을 잘해 마을 사람들도 아꼈으며, 그에게 작은 오두막 한 채를 주어 마을에 살게 하였다. 그리고 지금은 마을의 이런저런 잡무나 힘쓰는 일을 맡게 되었고, '파라흐다(백귀百鬼)'라는 별명까지 얻었다고 한다.

"외국인이라면, 투란인이나 신두라인일까?"

아르슬란 일행은 흥미를 느끼고 식사 준비가 끝나기 전에 그 사내를 만나보기로 했다. 마침 '파라흐다'는 여관 뒤뜰에서 장작을 패고 있다고 했다. 뒤뜰로 나간 일동은 금방 그 모습을 발견했다. 말을 걸자 파라흐다는 의아한 표정으로 돌아보았다.

"루시타니아인이다."

에스텔이 눈을 빛냈다. 그녀가 건 루시타니아어에 현저한 반응이 있었던 것이다. 이윽고 '파라흐다'는 식사 자리에 초대되어 나비드와 빵을 먹으며 에스텔의 질문에 띄엄띄엄 대답했다.

"확실한 건 하나도 기억이 나지 않는다는군. 다만 지면이 흔들리고, 죽을힘을 다해 산에서 도망쳤던 건 아무래도 확실한 모양이다."

에스텔이 그렇게 통역했다.

"그 지진 얘기인가?"

기이브가 고개를 갸웃하며 기억을 더듬었다. 보검 루크나바드를 둘러싸고 히르메스와 싸웠을 때 그는 거대한 지진을 만났다. 기이브의 인생에서 그렇게 강렬한 지진을 경험한 것은 처음이었다.

'파라흐다'는 에스텔에게 뻣뻣한 웃음을 지어 보였다. 말이 통하는 상대가 나타나 기뻤으리라. 이따금 에스텔이 질문을 하면 고개를 가로젓거나 생각에 잠기곤 했다.

"아마 기사일 걸세."

그렇게 관찰한 자는 다륜이었다. '파라흐다'가 도끼

로 장작을 패는 몸놀림에서 단순한 농부 출신의 병사와
는 다른 점을 간파한 것이다. 그렇다면 탈주했거나 우
연히 동료와 떨어져 흘러 들어왔다고도 생각할 수 없었
다. 기사에게는 대체 무슨 일이 있었단 말인가.

'파라흐다'의 대답은 더듬거렸으며 에스텔의 통역도
물 흐르는 것처럼 매끄럽지만은 않았으므로 문답은 그
리 원활하게 진행되지 않았다. 그것이 끊어진 것은 의
외의 사건 때문이었다. 알프리드가 비명을 질렀다. 그
녀의 발밑을 쥐가 달려갔다. 그 쥐를 쫓아 독이 없는 녹
색 풀뱀이 재빨리 바닥을 가로질렀다. 이번에 들린 비
명은 알프리드와는 비교도 되지 않았다. '파라흐다'는
의자를 넘어뜨리고 방 한구석에 웅크린 채 머리를 끌어
안았다. 공포에 가득 찬 신음 소리가 일동을 망연자실
케 했다. 다륜이 물었다.

"대체 왜 저러나."

"무언가, 엄청나게 무서운 일을 당했던 것 같아. 침착
하십시오! 모두들 당신을 지켜줄 테니 안심해도 괜찮습
니다……!"

뒷말은 루시타니아어로 바꾸어 에스텔은 필사적으로
동포를 다독였다.

공포와 고뇌에 지쳤는지 이윽고 '파라흐다'는 정신을
잃어버렸다. 다륜과 자스완트가 그의 몸을 부축해 오두

막으로 옮겨주었다. 나르사스가 '파라흐다' 의 맥을 짚어주고, 마을 사람을 불러다 환자가 깨어났을 때를 위해 약을 건네주었다. 여관에 돌아오며 에스텔은 당혹스러운 표정으로 사정을 말했다. '파라흐다' 는 무언가 기묘한 것을 보았고, 그것이 그에게 공포를 심어준 것 같다는 말이었다.

"기묘한 것이라니?"

"지하에서 거인을 만났고, 그 거인은 두 어깨에 뱀이 돋아나 있었다는군. 어린아이 악몽 같은 이야기라 생각하고 웃어도 상관없네만."

에스텔은 어깨를 으쓱했지만 파르스인들은 아무도 웃지 않았다. 이 자리에 겁쟁이는 한 사람도 없건만 서로 마주 본 얼굴에는 두려움에서 오는 한기가 엿보였다. 신두라인인 자스완트를 제외하고는 모두들 알았던 것이다. '파라흐다' 가 본 것의 정체를.

"자, 자하크……. 사왕……?"

늘 씩씩하던 알프리드가 낯빛을 잃고 나르사스에게 매달렸다. 엘람도 이를 나무라지 못한 채 창백한 표정으로 떨었다. 파르스인은 태어나 걸음마를 시작할 때면 이미 사왕 자하크의 이름을 안다. 파르스인에게는 공포의 원천이며 사악함 그 자체의 이름이었다.

루시타니아인인 '파라흐다' 는 자하크라는 이름을 모

른다. 그러나 그가 본 것은 자하크 외에는 그 무엇도 아닐 것이다. 모르는 자가 보았기에 그것은 선입견에 오염되지 않은 확실한 사실이었다.

만일 자하크가 부활했다면…….

혼자 마의 산에 들어간 경험이 있는 기이브조차 무의식중에 위장 언저리를 움켜쥐었다. 외국인인 에스텔이나 자스완트도 무언가 심상찮은 분위기를 느끼고 입을 다물었다.

아르슬란도 살짝 낯빛이 흐려진 것처럼 보였으나 나르사스가 돌아가겠느냐고 묻자 웃음을 지으며 대답했다.

"사왕을 친 카이 호스로는 마왕도 마도사도 아닌 평범한 인간 아니었나, 나르사스?"

"그렇습니다, 전하."

"그러면 사왕 따위 두려워할 필요 없네. 내가 두려운 것은 카이 호스로의 영이 나를 받아들여 주시지 않는다는 것뿐이니."

아니, 사실은 그조차도 아르슬란은 두렵지 않았다. 두려워해도 의미가 없는 일이었다. 아르슬란은 나르사스에게 말해 촌장에게 디나르 한 자루를 맡겼다. '파라흐다'가 앞으로 생활하는 데 어려움이 없도록 조처한 것이다.

식량 조달도 마쳐 마을을 떠나게 되었을 때, 아르슬란

은 부하들에게 말했다. 자신은 가겠지만 사왕이 두려운 자는 이곳에서 돌아가라고. 물론 그 말에 따른 자는 없었다.

결국 '파라흐다'의 본명은 알 수 없었다. 그는 루시타니아 기사 돈 리카르도라고 하며, 과거 왕제 기스카르에게 신임을 받았던 인물이었다.

## II

데마반트 산역에 진입했을 때 기이브가 일행의 선두에 선 것은 당연했다. 두 번째는 엘람이고 맨 뒤는 다륜이 맡아 일행은 험준한 산길을 말로 나아갔다. 산속 깊이 들어감에 따라 바람은 싸늘해지고 하늘은 어두워져 여름이라고는 생각할 수 없었다. 토하는 숨결조차 희게 보일 정도였다.

"나 원, 이 산은 기상과 날씨가 너무 급변한다니까. 선량한 남자를 홀리는 악녀 같아."

기이브다운 감상을 기이브가 늘어놓았다. 과거에 홀로 마의 산에 들어갔던 대담무쌍한 기이브도 이번에는 후방에 파르스 최고의 용사들이 버티고 있으니 든든했다. 물론 입 밖에는 내지 않았지만.

카히나 파랑기스는 엘람과 에스텔 사이에 끼어 말을

몰다가 이내 모양 좋은 눈썹을 찡그리며 중얼거렸다.

"진(정령)들이 도망치고 말았네. 조금 전부터 기척을 전혀 보이지 않는군."

파랑기스가 어두운 하늘을 우러렀을 때 흰 비단 같은 뺨에 물방울이 튀었다. 비가 오나 생각할 틈도 없이 수만 가닥의 가느다란 선이 어두운 하늘과 어두운 지상을 이었다. 항구도시 길란을 나온 후로 아르슬란 일행이 처음으로 만나는 비였다. 단비라고는 할 수 없었다. 금세 강렬한 빗발이 되어 일동을 때려댔다.

천둥이 주위에 울려 퍼지고 세상은 무채색 속에 갇혔다. 갑주가 먼 벼락과 가까운 빗발을 튕겨내 은색으로 빛을 냈다.

"이쪽으로!"

기이브가 외치고 일동을 바위벽 아래의 오목한 홈으로 인도했다. 아홉 명의 인간과 아홉 마리의 말, 그리고 한 마리의 새를 수용할 만한 넓이가 있었다.

비는 더욱 거세져 그날 여행은 단념할 수밖에 없었다.

하룻밤이 지나 살짝 약해진 빗발 속에서 다시 출발했다. 하마터면 산사태에 생매장당할 뻔하기도 하고 단애 절벽에서 말과 함께 떨어질 뻔하기도 하는 등 위험은 한두 번이 아니어서, 이틀이 걸려서야 겨우 카이 호스로의 신역神域에 당도했다. 비가 들지 않는 바위 그늘에 말들을 데려다놓고 이곳부터는 걸어가기로 했다. 한 걸음을 내디딜 때마다 바람도 비도 더욱 거세졌다. 지진 탓에 갈라진 지면 틈에서는 흙탕물이 솟아났다.

"저것이 영웅왕의 묘입니다……!"

그 외침조차 비바람에 찢겨나갈 것 같았다. 알프리드 같은 사람은 열심히 발을 옮겨도 1가즈(약 1미터)조차 나아가지 못한 채 오히려 후퇴할 지경이었다. 길이 오르막길이 되면 거의 폭포를 기어오르는 것 같아 무릎까지 흙탕에 잠겨버렸다. 발이 미끄러진 알프리드가 하마터면 수류에 쓸려나갈 뻔했을 때 엘람이 그녀의 손을 잡았다. 알프리드는 비와 진흙에 찌든 얼굴에 활짝 웃음을 지으며 감사했다.

"엘람, 너 좋은 애구나. 나르사스랑 내 결혼식에는 왕태자 전하 다음으로 좋은 자리에 앉혀줄게!"

그 순간 엘람이 손을 놓아버렸으므로 조트족 소녀는 강풍에 떠밀려 하마터면 후방으로 팽그르르 날아갈 뻔했다. 다륜이 팔을 내밀어 알프리드의 목깃을 잡아주었다.

다륜의 무예도, 나르사스의 지략도 이 비바람 앞에서는 무력했다. 오로지 끈덕지게 앞으로 나아갈 수밖에 없었다. 기이브조차 농담을 건넬 여유가 사라졌다. 파랑기스의 검은 비단 같은 머리카락은 빗물을 머금어 투구를 쓴 것처럼 무거워졌다.

겨우 평탄한 곳에 도달했을 때 일동은 한동안 일어나지 못했다. 신역의 중심부에 가까운 것을 확인하고 기이브가 간신히 농담을 지껄였다.

"나 원, 어떻게 죽더라도 말라 죽는 일만은 없을 것 같구만."

"그대의 경우에는 허언의 바다에 익사할 가능성이 높겠지."

파랑기스가 비꼬며 대답하고 무거운 머리를 털었다. 그 곁에서 알프리드나 에스텔에게 위로의 말을 건네던 아르슬란이 제일 먼저 일어났다. 나르사스나 다륜이 그 뒤를 따라 일어나자 왕태자는 손을 들어 말렸다.

"보검은 도구일 뿐일세. 그것으로 상징되는 것이야말로 중요하다 생각하네. 나 혼자 다녀올 테니 이곳에서 기다려주게."

"전하……."

"괜찮아. 모두의 덕에 이곳까지 올 수 있었어. 다시 돌아오겠네."

웃음을 비에 적시면서 말하더니, 매끄럽지 않은 걸음을 내디뎠다. 나르사스가 일동에게 고갯짓을 해 바위 그늘로 들어가게 했다. 그러나 다륜은 비를 맞으면서 그 자리에서 움직이려 하질 않았다.

"다륜."

"나는 괜찮네. 전하께서 비를 맞고 계시는데."

"다륜, 아무도 도와드릴 수 없어. 전하 혼자 힘으로 보검을 손에 넣어야만 하는 걸세. 그거야말로 파르스의 참된 왕이라는 증거니까."

"나도 아네. 알고 있기에 이러는 걸세."

다륜은 신음하며 비의 장막 너머로 오로지 왕태자를 지켜보고 있었다.

"루크나바드, 보검 루크나바드여······!"

햇빛을 볼 수 없어 어두운 천지 한복판에서 아르슬란은 외쳤다. 그의 모습은 벼락에 비춰져 인간이라기보다는 소년신의 조각상인 것처럼 보였다. 아르슬란은 폭포 같은 비 속에서 보이지 않는 것에 말을 걸었다.

"너의 몸에 영웅왕 카이 호스로의 영이 정말로 깃들어 있다면. 그리고 내가 하려는 일이 영웅왕의 뜻에 합당하다면, 나의 손에 와 다오!"

대답은 한층 강렬해진 비바람이었다. 아르슬란은 반걸음 비틀거렸으나 버텨 서고 다시 하늘을 우러러 외쳤다. 그가 왕태자로서 이제까지 해왔던 일들을 밝히고, 영웅왕의 영이 이를 굽어살폈는가를 물었다. 비바람에 지지 않겠노라 목소리를 높일 필요는 없었다. 그가 말을 거는 상대는 인간이 아니기 때문이다.

"나는 왕가의 피를 잇지 않았다. 이름도 없는 기사의

자식이다. 내가 옥좌에 오르는 것이야말로 찬탈일지도 모른다. 그러나 형식이야 어찌 되었든 국정이 어떻게 행해질지, 그것이 중요하다고 생각한다면 나에게 힘을 빌려다오."

아르슬란이 이처럼 당당하게 옥좌를 손에 넣겠음을 선언한 것은 물론 이번이 처음이었다.

"영웅왕의 영이여, 자손 아닌 이가 왕위를 잇는 것을 바라지 않으신다면 벼락으로 나를 쳐 주시옵소서. 원망하지 않을지니, 뜻대로 행하소서!"

바람이 휘몰아쳤다. 빗방울이 수억의 쇠사슬이 되어 아르슬란의 몸에 얽히고 왕태자는 호흡이 곤란해졌다. 그래도 아르슬란은 비바람 속에 서서 열심히 눈을 떴다. 그는 발밑의 대지에 뚫린 균열에 백금색 빛이 차오르는 것을 깨달았다.

"왕태자 전하께서 위험하신 것 아닙니까?"

조마조마한 심정으로 지켜보던 엘람이 드물게 나르사스를 향해 항의하는 어조로 물었다.

"게다가 나르사스 님, 샤오가 되려면 가장 필요한 것은 민중의 지지가 아닌가요? 이렇게 인간의 영역을 초월한 힘에 의존해야만 하다니, 이상하지 않습니까?"

나르사스는 화를 내지 않았다.

"그래. 네 말이 맞다, 엘람. 그러나 민중에게 대의를 보이기 위해 의식이 필요한 경우도 있지."

영웅왕 카이 호스로의 영이 아르슬란을 수호하셨다는 말을 듣는다면 민중은 아르슬란에게 뜨거운 지지를 보낼 것이다. 그 지지를 영원히 이어가려면 선정을 베풀어야만 한다. 결국 선한 왕이어야만 하므로 처음에 영웅왕 카이 호스로의 영력을 빌리더라도 전혀 상관이 없는 것이다. 좋지 못한 것은 영웅왕의 권위를 휘둘러댈 뿐 무엇 하나 민중을 위해 노력하지 않는 것이다. 유감스럽게도 파르스의 역대 샤오 중 반수 이상은 그러했다. 아르슬란은 그렇지 않다. 그 사실을 몰라준다면 카이 호스로의 영인지 뭔지도 별것 아니라는 소리일 뿐!

갑자기 땅이 갈라졌다. 좌우로, 그리고 위아래로 격렬하게 흔들렸다. 다륜조차 서 있을 수가 없어 한쪽 무릎을 꿇었다. 알프리드가 나르사스에게 매달리려다 잘못해 파랑기스에게 안겼다. 카히나의 입에서 나직한 외침이 새어나왔다.

"무엇인가, 저것이……?!"

아름다운 카히나는 허공에서 거대한 그림자 같은 것을 보았다. 그리고 다른 이들도. 그것은 거대한 인간 같기도, 한데 뒤얽힌 거대한 뱀의 그림자 같기도 했다. 어두운 하늘을 배경으로 그것은 한동안 그들의 눈앞에서 이리저리 날뛰다가 한 줄기 벼락과 함께 갑자기 사라지고 말았다.

그것은 무슨 그림자였을까. 훗날이 되어도 그 점에 관해서는 모두들 설명을 할 수 없을 것 같은 기분에 사로잡혔다. 그러나 그것은 그야말로 훗날이기에 할 수 있는 이야기이고, 그때는 좀 더 중대한 일이 있었다.

이제는 땅의 균열은 백금색으로 찬란하게 빛났으며 그 광채는 한순간마다 짙어져 직시할 수가 없을 정도였다. 그리고 그 광채가 천천히 지상으로 밀려 올라오자 반비례해 비의 기세는 쇠했다. 아르슬란은 광채가 너무 강해 눈을 가늘게 뜨기는 했지만 감지는 않았다. 그는 무언가 신비하다고밖에는 형언할 도리가 없는 힘을 느끼고 손을 내밀었다. 두 손에 묵직한 무게감이 더해졌다. 자신의 두 손이 백금색의 광채를 붙든 것을 아르슬란은 깨달았다.

비는 더 이상 아르슬란의 몸을 두드리지 않았다. 얼마나 오랜 시간이 흘렀을까. 정신이 들고 보니 주위에 부하들이 무릎을 꿇고 있었다. 진흙에 옷이 지저분해지는 것도 아랑곳하지 않고.

"우리의 샤오여……."

다륜의 목소리가 감명에 떨렸다. 이제까지 이어온 숱한 전투의 나날을, 원래도 고생이라고는 생각하지 않으나, 오늘 이 일로 완전히 보답받은 기분이 들었다. 왕태자의 손에는 찬란하게 빛나는 거대한 검이 있었으며, 그것이 '태양의 조각을 벼려낸' 보검 루크나바드임은 파르스인들에게 의심할 여지도 없었다.

나르사스가 두 손을 아르슬란에게 내밀었다. 보검 루크나바드를 담을 칼집이 그의 손에 있었다. 아르슬란의 손에서 보검 루크나바드를 받아 들어 조용히 칼집에 갈무리하고, 다시 왕자에게 내밀었다. 보검을 칼집째 손에 든 아르슬란은 꿈에서 깨어난 것처럼 일동을 둘러보았다.

"나는 왕가의 피를 물려받지 못했다. 혈통으로 따지자면 샤오가 될 권리는 조금도 없다. 그러나 지상에 완전한 정의를 펼치지는 못하더라도 조금이나마 나은 국정을 행한다면 좋겠다고 생각한다. 힘을 빌려주겠는가?"

다륜은 "목숨과 바꾸어서라도."

나르사스는 "미력하나마 온 힘을 다해."

기이브는 "나라도 좋으시다면야 내 나름대로."

파랑기스는 "미스라 신의 이름을 걸고."

엘람은 "함께하도록 하겠습니다."

알프리드는 "나르사스랑 함께."

자스완트는 "지, 진심을 다해!"

그리고 에스텔은 입을 다물고 있었다. 그녀는 아르슬란의 신하가 아니었기 때문이다. 그녀는 그저 묵묵히,

왕자의 모습에 시선을 보내고만 있었다.

III

아르슬란이 데마반트 산으로 갔다가 왕도 엑바타나로 돌아오기까지 왕복 열흘이 필요했다. 그동안 엑바타나의 정세는 어떻게 변화했을까.

어이없게도, 무엇 하나 변한 것이 거의 없었다.

히르메스와 안드라고라스와 마도사의 기괴한 삼자대면은 잔데의 충성스러운 활약에 어정쩡하게 끝나버렸다. 잔데 일행이 난입했을 때 알현실에 있던 자는 검을 손에 든 채 뻣뻣이 선 히르메스뿐이었다.

허공으로 사라진 마도사는 그렇다 쳐도 지하수로로 탈출한 안드라고라스를 쫓아갈 수는 있었을 것이다. 그러나 그때 히르메스는 패업을 추구하던 자라고는 생각할 수 없는 소극적인 생각을 하고 말았다. 안드라고라스의 입에서 사실이 폭로되는 것을 우려해 잔데를 물러나게 했던 것이다. 이리하여 다시 성 밖으로 나온 안드라고라스는 샤오의 이름으로 각지의 샤흐르다란(제후)들에게 병사를 보내도록 명령하여 왕도를 계속 포위했다.

그리고 히르메스는.

8월 25일, 히르메스는 왕궁에서 파르스 제18대 샤오로 대관을 거행했다. 원래 제18대 샤오는 안드라고라스였다. 그러나 히르메스는 안드라고라스를 정식 국왕으로 인정하지 않았다. 제17대 샤오 오스로에스 5세의 후계자는 히르메스뿐이라는 것이 그의 주장이었다.

안드라고라스의 고백이 옳다면 히르메스는 오스로에스의 아들이 아니다. 그러나 히르메스는 오스로에스의 적자라는 입장을 밀어붙일 수밖에 없었다. 고타르제스 대왕의 서자이며 안드라고라스의 동생이라면 안드라고라스보다도 왕위계승 순위가 낮아진다. 안드라고라스를 찬탈자라 단정 짓고 그에게서 왕위를 '탈환'하지 못하게 되는 것이다. 안드라고라스의 고백 따위 못 들은 척하고 처음부터 야심대로 진행시킬 수밖에 없었다.

대관식이라 해도 역대 샤오가 썼던 황금 왕관은 루시타니아 왕제 기스카르가 가지고 가버렸다. 성내에서 긁어모은 디나르를 녹여 황급히 만든 조그만 관을 히르메스는 온갖 불평과 함께 머리에 얹을 수밖에 없었다. 또한 명예로워야 할 이 식에 참석한 자는 물론 히르메스의 부하들뿐이었다. 그중에서도 진심으로 기뻐한 이는 잔데 하나뿐이었으리라. 그는 아직까지도 히르메스가 오스로에스 5세의 아들이라 믿는다. 안드라고라스에게서 들은 이야기를 히르메스는 잔데에게 밝히지 않았다. 이제까지 히르메스는 정의를 추구하는 복수자로서 당당하게 살아왔다. 타인의 눈에는 편집적으로 보일지라도 히르메스 자신은 마음에 조금도 부끄러움이 없었다. 그러나 지금 히르메스는 감추어야 할 비밀을 품고 말았다. 충실한 심복에게조차.

그런 마음이 그늘을 낳아 그에게 무의미한 행위를 시키려 했다. 식 중반에 히르메스는 한 사내를 병상에서 끄집어 내렸던 것이다.

"이 사내를, 루시타니아에서 얼쩡얼쩡 파르스까지 기어온 이 광대를 신들에게 바쳐 공양토록 하겠다."

히르메스의 목소리는 냉혹함과 잔인함 양쪽을 다 머금고 있었다. 그 목소리에 이노켄티스 7세는 나직한 목소리로 연신 허덕거렸다. 축 늘어진 두 뺨에는 이미 핏기가 사라졌다.

원래 비만기가 있던 국왕은 술 대신 설탕물을 마시는 습관이 있어 심장에 이중으로 부담을 주었다. 이리나 공주에게 아랫배를 찔린 후로 몸져누워 움직이지도 못해 더욱 심장에 부담이 갔다. 루시타니아 의사도 파르스 의사도 대충 치료했을 뿐이었다. 이리하여 불행하고 고독한 이노켄티스 7세는 이미 반송장이 되었고, 이날을 맞아 완전무결한 시체가 되려 하는 것이었다.

이노켄티스 7세가 끌려 나온 곳은 지극히 안이하게 '북쪽 탑'이라 불렸다. 어떤 사정에 따라 훗날 '타야미나이리'라 불리게 되는 탑이다.

"이놈을 베고 시체를 탑에서 내던져 개들에게 먹여라. 파르스의 평화를 위협하는 자가 어떠한 최후를 맞는지, 주위 열국의 야심가 놈들에게 본보기로 보여주는 것이다."

히르메스가 선언했다.

끌려나온 이노켄티스는 묶여 있지도 않았다. 도망칠 기력도 체력도 없어 묶을 필요가 없었다. 두 눈도 공허했다. 피부가 늘어진 목덜미를 히르메스가 붙잡아 막 일으키려 했을 때, 입구에서 요란한 소음과 목소리가 터졌다.

"그 식을 중지하라!"

그 목소리에 칼 부딪치는 소리가 겹쳐졌다. 명예로운 식전은 금세 유혈의 연회로 변한 것 같았다.

"어느 놈이 신성한 대관 의식을 방해하느냐. 신들의 이름을 걸고 용서치 않겠다!"

히르메스가 고함을 질렀다. 이미 그의 손에는 애용하는 장검이 들려 있었다. 원래 온화한 사내는 아니었으나 자신의 정체를 안드라고라스에게서 들은 후로 의지할 것은 검뿐이라고 믿게 되었다.

히르메스의 부하들이 대열을 무너뜨리고, 신들도 두려워하지 않는 방해자들이 모습을 나타냈다. 중앙에 있는 소년은 흑의기사를 대동하고 황금 투구를 썼다. 아르슬란 일행은 기이브의 안내로 지하수로를 통해 왕궁까지 잠입했던 것이다. 삼 자신이 방어를 지휘했더라면 그 침입은 성공하지 못했을지도 모른다. 그러나 삼은 대관식에 참석하느라 실내 한구석에 있었다.

"안드라고라스의 자식놈이……."

히르메스는 으르렁거렸다. 아르슬란의 출생에 대한 비밀을 안 지금은 그 호칭도 옳지 않다. 그러나 자기 자신에 대해서도 그랬듯 히르메스는 아르슬란에게도 과거에 믿어 의심치 않았던 사실을 그대로 적용하려 했다. 그 외에는 선택의 여지가 없는 것처럼.

"나에게 목숨을 잃고자 일부러 나타났느냐? 네놈의 피로 나의 옥좌를 씻어낼 수도 있다."

히르메스가 짐짓 조소했다. 아르슬란은 꿈쩍도 하지 않았다. 히르메스의 거친 말에 눈살을 찡그리며 흑의기사 다륜이 앞으로 나가려 했다. 아르슬란은 한 손을 들어 이를 제지했다. 히르메스에게 조용히 말을 건다.

"아니. 옥좌는 나의 것이오, 당신의 것이 아니고. 옥좌에서 물러나시오, 히르메스 경."

"웃기지 마라!"

히르메스는 입술을 틀어 올리며 다시 한 번 조소하고는 아르슬란을 향해 발을 디뎠다. 하다못해 자비롭게 단칼에 죽여주마. 그렇게 생각한 그의 여유가 날아간 것은 아르슬란이 등에 짊어져 어깨에 걸친 거대한 검을 보았을 때였다. 히르메스는 그것을 한 번 손에 든 적이 있었다. 잊으려야 잊을 수도 없었다.

"……보검 루크나바드!"

발밑의 바닥이 부서진 것만 같았다. 간신히 비틀거리는 발에 힘을 주어 버티고 히르메스는 검을 다시 보았다. 의심할 여지도 없는 보검 루크나바드의 모습을 확인하고 캄캄해지려는 눈을 아르슬란에게 돌렸다. 그의 몸속에서 심장이 경종처럼 울려 퍼지고, 피는 혈관 속에서 격렬하게 거품을 내는 듯했다.

"어, 어떻게 네놈이 루크나바드를 가지고 있지? 어떻게 얻었느냐."

"어떻게? 달리 수단이 있을 리 없지 않소. 영웅왕 카이 호스로의 영께서 나에게 이 검을 내려주셨소. 이 검으로 영웅왕의 천명을 계승하라고."

"거짓말 마라!"

히르메스는 고함을 질렀다. 솟아나온 땀이 그의 등줄기와 목덜미를 흥건히 적셨다.

"나와 싸워라! 어느 쪽이 참된 샤오로서 어울리는지 검으로 결판을 내자!"

히르메스는 마지막 실낱에 매달리려 했다. 히르메스

는 오스로에스 5세의 적자가 아니며, 아르슬란 또한 가증스러운 안드라고라스의 아들이 아니다. 이제까지 믿어 의심치 않았던 사실을 모조리 부정당한 끝에 아르슬란의 손에 보검 루크나바드까지 들려 있으니 히르메스의 입장은 말이 아니었다. 루크나바드는 과거 히르메스의 손에 들리기를 거부했거늘, 어째서 아르슬란 따위의 미숙한 애송이를 받아들였단 말인가!

아르슬란보다도 카이 호스로에 대한 분노에 사로잡혀 히르메스는 장검을 들었다. 이를 보고 흑의기사 다륜이 한 걸음 나섰을 때 옆에서 고함을 질러 그에게 승부를 청하는 자가 있었다. 잔데였다. 그의 아버지 칼란은 다륜의 손에 목숨을 잃었던 것이다.

"다륜, 네놈과 나는 같은 하늘을 이고 살아갈 수 없는 원수지간이다. 여기서 결판을 내자! 어느 한쪽은 세상에서 사라져야 하니 말이다!"

"그대가 세상 어딘가에 살아있더라도 나는 별로 상관이 없네만."

다륜은 쓴웃음을 지었다. 잔데가 발끈해도 다륜은 솔직히 별 감흥이 없었다. 안드라고라스나 히르메스 왕자라면 모를까, 잔데는 상대하기에 부족함이 많았다.

"시끄럽다, 뽑아라!"

잔데가 높은 소리와 함께 대검을 칼집에서 뽑았다. 다

룬은 혀를 차고 싶은 표정이었다. 나르사스가 벗의 우려를 털어주었다.

"전하는 괜찮네, 다륜. 보검 루크나바드가 전하를 지켜줄 걸세."

"알았네. 그럼 난 칼란의 불초자식과 결판을 내지."

다륜이 장검을 뽑자 잔데가 대검을 쳐들었다. 이리하여 두 쌍의 검사가 작년부터 이어져온 악연을 끊고자 했을 때 입구에서 요란한 발소리가 났다. 삼의 부하 기사한 명이 굴러 넘어지듯 달려왔다.

"민중이 북문을 열었습니다!"

거듭되는 흉보였다.

엑바타나 시민들의 인내심도 바닥을 쳤던 것이다. 겨우 루시타니아군의 폭정에서 해방되었는가 싶었더니, 정체 모를 자가 나타나서는 이제까지의 샤오를 찬탈자라 부르고 자신이야말로 정통한 샤오라 자청했다. 게다가 성벽을 끼고 파르스군끼리 싸움을 벌였으며, 그 때문에 성문은 계속 닫혀버렸다. 식량도, 그 외의 물자도 들어오지 않았으며 물 부족은 해결될 줄을 몰랐다. 견디다 못한 시민들은 결국 궐기하여 히르메스의 병사들을 습격하고 안쪽에서 성문을 열었던 것이다. 얼마 전자신들의 손으로 루시타니아군을 물리쳤던 시민들이 이번에는 파르스군을 물리친 셈이다. 어느 나라의 군대라 해도 민중을 괴롭히는 자를 따를 의무는 없었다.

하늘을 가르는 듯한 함성이 성문 안팎에서 솟아났다.
이 목소리는 여름 하늘에 반사되며 왕궁에까지 흘러들
어 북쪽 탑에 있는 사람들에게 종막이 다가왔음을 알려
주었다.

IV

활짝 열린 성문으로 가장 먼저 쏟아져 들어온 것은 그
야말로 날랜 기마의 무리였다. 갑주도 무거워 보이지
않았으며, 말을 모는 교묘한 솜씨는 파르스인들 중에서
도 독보적이었다. 히르메스군의 수비병을 말 위에서 베
며 잇달아 쓰러뜨리고 왕궁으로 질주했다. 그들의 선두
에 까만 비단 깃발이 나부끼고 있었다.

"뭐냐, 저 흑기는?!"

이때 아직 '조트의 흑기'는 사람들에게 널리 알려지
지 않았다. 그러나 그들이 범속하지 않다는 사실은 누
가 보더라도 명백했다.

흑기 옆에서 말을 모는 자는 아직 스무 살도 안 된 것
같은 젊은이였다. 선대 족장 헤이르타슈의 아들이었다.
그는 무리의 지휘자였으며 왕궁으로 가는 길을 안내하
는 역할을 맡기도 했다. 말을 몰아 질주하며, 활을 들고

눈앞에 나타나는 적들을 잇달아 쏘아 거꾸러뜨렸다.

물론 조트족만 성내에 난입한 것은 아니었다. 키슈바드며 쿠바드가 이끄는 안드라고라스 왕의 군대도 사람과 말이 뒤얽히듯 돌입했다. 그리고 병사와 무기뿐만이아니라, 엑바타나 시민들을 기뻐 날뛰게 만드는 것 또한 입성했다. 짐수레에 가득 실린 식량의 산이었다.

"이보시오, 엑바타나 시민 여러분! 식량이라면 여기 있소. 왕태자 아르슬란 전하의 명령으로 길란에서 가져온 것들이오! 자, 다들 마음껏 먹고 굶주림을 채우시오!"

낭랑한 목소리로 외친 자는 길란의 해상상인 구라즈였다. 천 대의 우차와 천 마리의 낙타에 실어온 밀, 말린고기, 차, 나비드, 쌀 등등을 밀려드는 민중들에게 건네주고 뿌렸다. 구라즈의 곁에서는 자라반트가 고함을 지르고 있었다.

"왕태자님의 은혜를 잊지 마라! 여러분을 굶주림에서구해주신 것은 왕태자님이다. 권력이 탐나 싸움에만 정신이 팔린 놈들 따위 왕궁에서 몰아내자!"

다소 얄팍하지만 이만큼 효과적인 방법도 없으리라. 모두 군사 나르사스의 지시였다. 민중을 한편으로 삼는 것이 가장 중요하기 때문이다. 그들의 뱃속에 아르슬란의 이름을 새겨 넣은 후 카이 호스로의 보검 루크나바드라는 이름을 가져오는 것이다.

『백성을 굶주리게 하는 왕에게는 왕 될 자격이 없다.』

그 통렬한 한마디를 나르사스는 안드라고라스와 히르메스의 머리 위로 집어 던질 생각이었다. 식량을 얻고자 수만 명이나 되는 시민들이 밀려들어 길을 가득 메우는 바람에 대군인 안드라고라스 왕의 군대는 옴짝달싹할 수가 없었다. 이것도 나르사스의 계산이었다.

그러나 모든 것이 잘 풀리지는 않았다. 대혼란 속에서 에스텔은 말을 몰아 한 가옥으로 달려갔다. 산 마누엘 성에서 겨우 왕도에 도착했던 부상자들이 몸을 의탁하며 살던 집이었다. 입구에 도착한 에스텔은 바싹 마른 목재며 돌에 스며든 피 냄새를 맡았다. 한순간 망설인 후 문을 연 그녀가 본 것은 끔찍하게 살해당한 동포들의 모습이었다. 노인도 여자도, 피와 먼지에 찌든 시체가 되어 굴러다녔다. 루시타니아군의 폭거에 파르스인들의 분노와 증오가 폭발했을 때 보복의 피비린내 나는 폭풍우는 루시타니아인들 중 가장 약한 자들까지 집어삼켰던 것이다.

에스텔은 한동안 그 자리에 멍하니 서 있었다. 피 냄새가 머릿속에 소용돌이치고 그것이 가셨을 때, 그녀는 자신이 울고 있음을 깨달았다.

『개인의 선의나 용기로는 어찌할 수 없는 것이 인간 세상에는 있네. 그렇기에 권력이 올바르게 쓰여야 하지.』

에스텔은 파르스의 군사가 했던 말을 떠올리고 있었다. 이곳까지 지키며 함께 왔던 부상자들이 죽었으니 에스텔이 해왔던 일은 허사가 되고 만 것일까. 그렇지는 않다고 생각하고 싶었다. 살아남은 이가 이 불행을 되풀이하지 않도록 노력하는 한 흘린 피는 사람들의 존귀한 교훈이 되리라. 그렇게 생각하고 싶었다.


……히르메스의 장검이 바닥 위에서 회전을 멈추었다.

묵은 재가 쌓인 듯한 침묵 속에서 히르메스는 멍청히 서 있었다. 그의 검은 보검 루크나바드에 날아가, 맨손이 되고 말았던 것이다.

기량에서도 역량에서도 히르메스는 아르슬란을 압도할 터. 검사로서 그의 실력은 다륜에 필적할 정도였다. 미숙하고 나약한 '안드라고라스의 자식놈' 따위에게 질리가 없었다.

그러나 겨우 두세 합 겨룬 것만으로 그의 검은 소유자의 손에서 날아가 패배의 곡조를 울리며 바닥에 떨어졌다. 히르메스의 손에는 아플 정도의 마비감만이 남았다. 히르메스는 석화된 듯한 발을 간신히 움직여 두 걸음 후퇴하고, 필사의 기력을 쥐어짜내 아르슬란을 노려보았다.

"네, 네놈에게 진 것이 아니다, 안드라고라스의 자식놈! 루크나바드에게 당한 것이지. 내가 네놈에게 질 리가 없어⋯⋯."

히르메스의 목소리가 떨렸다.

"나는 영웅왕 카이 호스로의 정통을 잇는 자손이다. 그런 내가, 네놈 따위에게 질 리가 없어. 네놈 따위⋯⋯ 네놈 따위⋯⋯!"

"꼴사납구나, 히르메스!"

조소가 패자를 후려쳤다. 승자도 놀라 소리가 들린 쪽을 돌아보았다. 입구에서 힘차고 위압적인 발걸음으로 다가오는 자는 샤오 안드라고라스 3세였다. 검을 칼집에 거두기는 했으나 피가 튄 갑주는 샤오가 이곳에 오기까지의 경과를 설명해주었다.

"안드라고라스⋯⋯!"

히르메스는 그렇게 신음한 후로 더 이상 물러날 수가 없었다.

아르슬란은 침묵했다. 무슨 말을 해도 히르메스에게는 상처만을 입힐 것이다. 아르슬란에게는 히르메스를 미워할 사정은 있을지언정 동정할 이유는 없을 테지만 그의 마음은 이해가 갔다. 사실 아르슬란이 히르메스에게 이겼던 것이 아니라 보검이 사검邪劍을 물리쳤던 것임은 누구보다도 아르슬란 자신이 잘 알았다.

안드라고라스 3세는 나타난 순간 그 자리의 주도권을 쥐어버린 것 같았다. 다륜과 싸우다 검을 놓쳐버린 자인데도, 그의 안면에 검을 꽂으려던 흑의기사도, 그리고 그 자리에 있던 자들 모두가 꼼짝도 않고 샤오를 바라보았다.

"효자로구나, 아르슬란."

안드라고라스는 이미 히르메스에게는 눈길도 주지 않고 왕태자를 돌아보았다.

"아비를 위해 영웅왕의 보검을 얻었느냐. 좋다. 보검 루크나바드 한 자루는 5만 병사를 능가하지. 이 공적을 보아 너의 추방을 취소하겠노라."

안드라고라스가 힘찬 손을 아르슬란에게 내밀었다. 주위 사람들이 숨을 죽이고 샤오와 왕태자를 바라보았다.

"자, 보검을 아비에게 넘기거라. 그것은 오로지 샤오만이 들어야 하는 검이다."

"드릴 수 없나이다."

"뭐야?"

"이것은 영웅왕 카이 호스로께서 내리신 것. 제게 내리신 것입니다. 그 누구에게도 넘길 수는 없사옵니다."

"어디서 건방을 떠느냐, 애송이가!"

안드라고라스가 벼락같은 일갈을 터뜨렸다. 벽이 흔

들린 것 아닌가 싶은 박력을 담은 목소리였다. 바로 며칠 전의 아르슬란이었다면 영혼 밑바닥까지 찢겨나가고 박력에 얻어맞아 검을 내밀었을 것이 분명했다. 그러나 지금 아르슬란은 조용한 힘을 머금고 부왕의 압박감을 이겨내고 있었다.

그 얼어붙은 듯한 정경 한구석에서 어떤 그림자가 조용히 꿈틀거리고 있었다.


V


안드라고라스가 그나마 제대로 상대를 해주었던 루시타니아인은 왕제 기스카르 공작 단 한 명이었다. 이름뿐인 국왕 이노켄티스 7세 따위 안중에도 없었을 것이 분명하다. 그것은 히르메스도, 그리고 아르슬란조차도 거의 마찬가지였다.

아르슬란은 원래 타인을 얕잡아 보는 버릇은 없었으며, 에스텔과 이야기를 나누면서 이노켄티스 7세를 강화 상대로 삼자고 결심하기도 했다. 그래도 역시 최대의 실권자인 기스카르에 비하면 아무래도 형왕은 존재감이 부족했다. 제2차 아트로파테네 회전에서 루시타니아군을 패멸시킨 후로 아르슬란은 그만 이노켄티스 7세를 잊어버렸다. 군사 나르사스조차 온갖 전략과 정략의

수를 다한 끝에 이노켄티스 7세를 고려에서 빼버리고
말았다. 아무래도 상관없는 존재라고 생각했던 것이다.
이 재능도 없고 무능하기만 한 국왕을 기억하는 자는 수
습기사 에스텔뿐이었다.

모두에게서 잊히고 무시당했던 이 국왕이 인생의 마지
막 수십 초 동안 누구도 믿지 못할 일을 해냈던 것이다.

보검 루크나바드의 수호가 있다 해도 여전히 아르슬란
은 안드라고라스 왕의 박력에 대항하기 위해 전심전력
을 쥐어짜내야만 했다. 그리고 다륜이나 나르사스조차
움직이지 못하고 부자의 대결을 지켜보았다. 이노켄티
스 왕이 슬금슬금 소리도 없이 안드라고라스의 등 뒤로
다가가려 한다는 사실을 그 누가 알아차렸을까.

안드라고라스가 위협하듯 아르슬란에게 한 걸음을 내
디뎠을 때 높은 새 울음소리가 났다. 활짝 열린 입구를
향해 아즈라일이 날아올랐던 것이다. 키슈바드를 비롯한
안드라고라스 휘하 장병들이 마침내 왕궁에 도달했다.

일동의 주의가 그쪽으로 쏠린 순간이었다. 국왕 이노
켄티스 7세가 샤오 안드라고라스의 등에 달라붙어선 팔
을 상대의 목에 감았다. 울부짖는 듯한 안드라고라스의
목소리에 흠칫 돌아본 일동은 뜻밖의 광경에 목소리도
내지 못했다. 목소리는커녕 침을 삼키는 것조차 잊고
그저 두 왕을 지켜보기만 했다. 대부분의 사람들은 자

신이 보는 광경의 의미를 이해할 수조차 없었다.

이노켄티스 왕이 기이한 눈빛으로 천장 한구석을 노려보더니 침이 번들번들 빛나는 입을 움직였다.

"신이여, 신이여. 그대의 종복으로서 마지막 의무를 다하겠나이다. 이교도의 왕을 신의 어전에 바치나이다. 부디 받아주소서."

"네 이놈, 무슨 짓이냐……!"

안드라고라스의 목소리가 갈라졌다. 용맹무쌍한 샤오에게 이만큼 의외이면서 배알이 뒤틀리는 일은 없었으리라. 아무리 용사라 해도 안드라고라스는 대검을 휘둘러 적을 쓰러뜨릴 의기와 무용을 가지고 있었을 터. 히르메스도 다륜도 실력으로 쓰러뜨릴 자신이 있었다.

그러나 지금 그의 생사를 쥔 자는 용사도 강자도 아니었다. 안드라고라스가 보기에는 아무 가치도 없는 자, 약하고 어리석은 자였다. 그런 자가 믿을 수 없는 힘으로 안드라고라스의 자유를 빼앗고 한데 엮어 창가로 끌고 갔다. 재빨리 활에 화살을 메긴 자도 더러 있었으나 안드라고라스의 거구가 앞에 있었기에 쏘지 못했다.

안드라고라스는 발버둥을 쳤다. 이노켄티스 7세는 떨어지지 않았다. 인간의 형태를 한 커다란 거머리처럼 루시타니아 국왕은 파르스 샤오에게 달라붙어 있었다. 과거에 결국 실현되지 않았던 국왕 간의 결투가 이러한 형태로 이루어지리라고 누가 상상이나 했을까.

"놓아라!"

안드라고라스의 팔꿈치가 간신히 움직여 이노켄티스의 안면에 꽂혔다. 섬뜩한 소리를 내며 루시타니아 국왕의 코뼈와 앞니가 부러졌다. 피투성이 얼굴로 이노켄티스는 웃었으나 고통을 참는다기보다는 이미 고통을 느끼지 못하는 것 같았다.

"신이여, 당신의 곁으로 가나이다!"

루시타니아어로 외친 말은 아무도 알아듣지 못했다. 루시타니아 국왕은 체중을 허공에 맡겼다.

두 국왕은 탑의 창문에서 떨어졌다. 허공에 터져나온 외침은 아마도 안드라고라스의 비통한 비명이었으리라. 25가즈(약 25미터) 높이를 두 사람은 조각상처럼 떨어지고 또 떨어져, 포석 위에 요란하게 처박혔다. 창가로 달려간 이들의 귀에 무거운 진동이 전해졌다. 지상에 조그맣게 겹쳐진 국왕들의 모습은 기묘하게 일그러지고 망가진 인형처럼 보였다.

길고 긴 침묵 끝에 나르사스가 한숨을 쉬었다.

"이 무슨 일이란 말인가. 지상의 열왕 중에서도 가장 허약하던 왕이 가장 정강한 왕을 살해하는 데 성공하다니……."

이 탑은 이제까지 그저 '북쪽 탑'이라 불렸다. 그리고 파르스력 321년 8월 25일의 이 놀라운 사건을 계기로 다음과 같이 불리게 되었다.

'타야미나이리(두 왕이 떨어진 탑)'라고.


이날, 너무나도 많은 사건이 일어나고 너무나도 큰 충격이 잇따르는 바람에 훗날이 되어 사람들은 어떤 순서로 어떤 사건이 일어났는지 정리하느라 고생했을 정도였다.

"이런 말을 하기는 뭐하지만, 우리는 루시타니아 국왕이라는 자 덕에 구원을 받은 것과 마찬가지였지."

키슈바드가 나직한 목소리로 나르사스에게 그렇게 말했던 것도 무리는 아니었다. 안드라고라스 왕이 아르슬란이나 다륜에게 쓰러졌더라면 키슈바드 같은 샤오의 중신들에게는 몸과 마음이 찢겨나가는 기분이었을 것이다. 형식상 안드라고라스는 틀림없는 파르스의 유일한 샤오였으며, 시해자를 새로운 샤오로 대관시킬 수는 없기 때문이다.

파르스 전체를 위해서라도 이는 생각지도 못한 은혜였다. 신하들이 두 파로 갈라져 서로를 죽이는 일도 없이 끝났다. 그리고 샤오가 죽고, 샤오를 살해한 범인도 죽었으며, 왕태자가 건재한 이상 단 하나뿐인 옥좌에는 왕태자가 앉게 되었다. 법적으로도 이것이 단 하나의 가능성이자 정통성이었다. 아르슬란은 아직도 아연실색한 상태를 벗어나지 못했으나 머잖아 다시 일어날 테고, 다시 일어나야만 했다.

안드라고라스 왕의 죽음은 당사자에게는 매우 분통했을 것이다. 그러나 그의 죽음이 수많은 이들을 구했다. 살아 있었더라면 그는 국가를 분열시키고 자신의 자식과 왕위를 다툰 군주로서 불명예스러운 이름을 남겼을 것이 분명했다. 안드라고라스는 어떤 의미에서 자기 자신까지도 구한 셈이다. 그의 이름은 침략자인 루시타니아 국왕을 쓰러뜨리고 함께 스러져간 순국의 왕으로 남으리라. 아무도 상처를 입지 않는다. 매우 훌륭한 결말이 아닌가.

그러나 사실 아직 막은 내리지 않았으며, 희생도 끊어진 것이 아니었다.

밤이 되어 엑바타나는 기묘한 혼돈 속에 빠졌다.

파르스 전군이 왕태자 아르슬란 아래 무릎을 꿇으면서 군사적인 혼란은 일단 가라앉았다. 히르메스군 3만이 통일된 지휘 아래 무기를 들었다면 여전히 유혈이 이어졌을 것이다. 그러나 히르메스는 아르슬란 이상으로 허탈감에 빠졌으며, 잔데는 일단 한곳에 갇혀 감금되었고, 삼은 휘하 전 장병에게 무기를 버리라고 명령했다.

왕도에서 세 파벌로 분열되었던 파르스군들끼리 서로를 해치는 사태는 일어나지 않았다.

왕도 성문은 모조리 개방되어 길란에서 온 물자가 속속 도착했다. 그때마다 '왕태자 아르슬란 전하'의 이름이 열광적으로 터져나왔다. 구라즈의 부하들은 아르슬란이 루시타니아군을 아트로파테네에서 쳐부수었다는 사실을 널리 선전해 왕태자는 금세 구국의 영웅이 되었다.

왕궁 복도를 세 명의 마르즈반이 나란히 걷고 있었다. 다룬, 키슈바드, 쿠바드였다. 자칫 잘못했더라면 지금쯤 검을 뽑아 서로를 베고 있었을지도 모르는 자들이었지만 다행히 그렇게 되지 않았다. 안드라고라스의 횡사에 저마다 감회는 있었으되 굳이 이를 입에 담지는 않았다.

밤바람을 타고 멀리 시민들의 환성이 들려왔다.

키슈바드가 멋진 수염을 쓰다듬었다.

"대단하군. 왕태자 전하는 하룻밤에 엑바타나를 장악하셨네. 이제는 그 누구도 전하의 권세를 흔들 수 없을 걸세."

"누가 아니라나. 멋들어지게 따먹었지. 나르사스 경은 바슈르 산을 나와 열 달 만에 천하를 차지했구만."

쿠바드가 애꾸눈을 가늘게 뜨며 웃었다. '따먹었다'는 표현을 쓰기는 했지만 딱히 악의가 있어서 그리 표현한 것은 아니었다. 가장 약소하고 옥좌에서 멀었던 아르슬란에게 천하를 차지하게 한 나르사스의 수완을 나름대로 평가한 것이다. 그 증거로 애꾸눈 사내는 이렇게 덧붙였다.

"결국 그 친구는 나도 턱짓으로 부려먹게 되겠지. 뭐, 어쩔 수 있나."

"나르사스는 인간 세상을 화폭으로 삼아 그림을 그리는 달인이니 말일세."

다룬이 대답하자 키슈바드가 근엄한 얼굴에 곤혹스러운 표정을 머금었다.

"허나 나르사스 경은 정말로 궁정화가가 되겠다는 건가? 왕태자 전하의 인사에서 사실 가장 걱정했던 것이 그 점인데."

"그 친구가, 언제였더라, 내 얼굴을 보고 그리기 쉬운 얼굴이라고 그러더만. 부탁이니 다른 데서 희생자를 찾아주었으면 좋겠어."

쿠바드가 완전히 말을 마치기도 전에 비명이 밤공기를 진동시켰다.

방향을 확인한 세 마르즈반은 복도에서 건물 안으로 뛰어들었다. 돌을 깐 정원을 가로질렀다. 왕태자의 임시 침소 부근에서 나르사스, 엘람, 자스완트와 만났다. 어스름한 복도에서 그들이 본 모습은 길이가 4가즈(약 4미터)는 되는 암회색의 뱀이었다. 심지어 몸통으로는

한 자루의 검을 휘감고 있었다. 그 검은 보검 루크나바
드였다.

"보검을……!"

세 마르즈반은 땅을 박찼다. 쿠바드조차 왕도 포위전
이 시작된 이래 처음으로 진심이 되어 덤볐다. 파르스
최강의 전사 세 사람이 검을 뽑아 들며 돌진한 것이다.
1만 기의 적이라 한들 전율했을 것이다.

그러나 뱀은 조롱하듯 슈슈 소리를 내고는 보검을 감
은 채 기괴한 모습으로 바닥을 기어갔다. 그 앞으로 한
그림자가 튀어나왔다. 마르즈반 삼이었다. 그의 검은
뱀을 향해 날카롭게 날아들었으나 뱀의 움직임은 상상
을 초월했다. 루크나바드를 감은 채 허공으로 약동하더
니 긴 몸의 절반으로 삼의 목을 조였던 것이다. 삼은 검
을 떨어뜨리면서 두 팔로 뱀의 몸통을 붙들었다.

"삼 경!"

"어서, 어서 이 마물을 베게!"

삼의 목소리가 갈라졌다. 그의 머리카락이 점점 검은
색에서 회색으로 바뀌는 것을 보고 세 마르즈반이 목소
리를 삼켰다. 용감하고 충성스러운 네 번째 마르즈반이
마물에게 생명력을 빨아먹히고 있었다.

다륜의 장검이 번뜩였다. 다음 순간 마르즈반들은 눈
을 크게 떴다. 필살의 참격이 뱀의 비늘에 맞아 높은 소

리를 내며 튕겨났던 것이다. 즉시 쿠바드가 바람 가르는 소리와 함께 대검을 허공에 휘둘렀으나 뱀의 몸은 이를 또 튕겨낸 채 멀쩡하게 보검과 삼의 몸을 붙들고 있었다. 무예의 문제가 아니었다. 이 기괴한 뱀은 인간 세상의 검으로는 죽일 수 없었다.

삼의 몸이 바닥에 쓰러졌다. 뱀은 교활하게도 즉시 보검에만 몸을 감은 채 입으로 자루를 붙잡았다. 그때였다. 왕태자 아르슬란이 말없이 뛰어나왔다. 이미 바닥에 몸을 낮추고 있던 그는 짧은 옷에 갑주도 걸치지 않은 채, 무기도 단검 한 자루만 들었을 뿐이었다. 소년의 눈과 뱀의 눈이 마주쳤다. 소년이 뱀의 앞으로 몸을 드러내려 했다.

"전하, 위험합니다!"

다륜이 외쳤다. 뱀의 송곳니가 아르슬란을 향해 번뜩였던 것이다. 그러나 아르슬란은 재빠르게 왼손을 내질러 단검으로 뱀의 송곳니를 받아냈다. 오른손은 뻗어나가 루크나바드의 칼자루를 붙들었다.

다음 순간 보검 루크나바드는 아르슬란의 손에 들려 있었다. 뱀의 몸통은 칼집에 감긴 채였으므로 머리만 칼자루를 놓으면 검신은 뱀에게서 자유로워지는 것이다.

아르슬란의 계략에 한 방 먹은 뱀은 보검의 칼집을 버렸다. 칼집이 소리 높여 바닥에 튕겨나가고 뱀도 몸을 구불거리며 바닥에 떨어졌다.

암회색 뱀은 바닥을 꿈틀거리며 도망치려 했다. 그 꿈틀댄 자리에는 끈적끈적한 독액이 번들거렸고 시큼한 악취가 코를 찔렀다. 믿을 수 없는 속도로 도망치던 뱀이 움직임을 멈추었다. 뱀의 앞길을 파르스 최고의 명궁 두 사람이 가로막고 섰던 것이다. 파랑기스와 기이브는 이미 시위에 화살을 메기고 있었다.

파랑기스가 쏜 화살이 뱀의 한쪽 눈에 박혔다. 뱀이 크게 튀어 올랐을 때 기이브가 두 번째 화살을 쏘았다. 화살은 뱀의 입에 박혀 이빨이 돋아난 턱을 꿰뚫었다. 바닥이 널빤지였다면 뱀의 머리는 멋들어지게 바닥에 꿰였을 것이다.

고통에 몸부림치는 뱀이 바닥을 박차고 돌아다니며 슈슈 소리를 냈다.

바로 그때, 아르슬란이 보검 루크나바드를 내리쳤다. 백금색 섬광이 뱀의 머리와 몸통을 양단해 뼈를 가르는 소리가 돌벽을 날카롭게 두드렸다.

뱀의 몸통은 바닥에 떨어지고 세 차례 정도 경련의 파도가 일어나더니 움직이지 않게 되었다. 그러나 머리는 아직도 살아 있었다. 두 개의 송곳니에 꿰뚫렸으면서 아르슬란을 향해 이빨을 드러내고 투석기의 탄환 같은 기세로 날아들었다.

"불을!"

파랑기스가 외쳤다. 의도를 깨달은 엘람이 벽에 달려들었다. 손에 횃불을 들고 뱀의 머리를 향해 던졌다. 허공에서 뱀의 머리와 횃불이 충돌했다. 불덩어리가 된 뱀의 머리가 바닥에 내동댕이쳐졌다. 루크나바드가 두 번째 섬광을 번뜩여 뱀의 머리를 산산이 격파했다.

그 순간 속이 메슥거리는 고함 소리가 인간들의 머리 위에 퍼졌다. 그리고 모두들 믿을 수 없는 광경을 보았다. 바닥에 쓰러진 뱀의 몸통이 순식간에 오그라들고 부풀고 변형하더니 암회색 옷을 걸친 인간의 몸통으로 변한 것이다. 목이 없는, 기묘하게도 작달막해 보이는 주검.

파르스 최고의 용사들이 공포와 혐오에 몸을 떨 수밖에 없었다.

"이 무슨 괴물이란 말인가. 자하크의 일당인가?"

"끔찍하구만. 이 목 없는 시체는 어떻게 한다?"

"기름을 부어 태워버리지. 재는 땅에 뿌리고. 그렇게 할 수밖에 없을 걸세."

마르즈반들의 대화를 들으며 아르슬란은 보검 루크나바드를 칼집에 거두었다. 이를 엘람에게 맡기고 자신은 쓰러진 삼의 곁에 무릎을 꿇었다. 마물에게 생명을 빨아먹혀 빈사의 노인으로 변한 삼의 머리를 자신의 무릎에 얹고 부드럽게 이름을 불렀다. 삼은 눈을 뜨더니 마지막 생명 한 조각을 목소리에 담았다.

"전하, 아니 폐하. 선한 샤오가 되시옵소서. 불초한 몸으로 무엇 하나 도움을 드리지 못하오나, 폐하의 손이 파르스에 평안을 가져오시기를……."

그 말만을 간신히 마치고 비운의 무장은 숨을 거두었다. 아르슬란은 눈을 감고 고개를 조아렸다. 생전에 이 사람과 좀 더 이야기를 나누고 서로를 이해할 기회가 있었으면 좋았을 것이라고 생각하면서도, 이제는 삼에게서 삶의 고통이 사라졌다는 것 또한 이해했다.

VI

한밤중은 이미 지나 새벽이 다가와도 엑바타나 성문은 사방을 향해 활짝 열려, 노래하고 춤추는 사람들의 목소리가 성벽에 메아리쳤다. 이제는 성문을 개방해도 쳐들어올 적군은 존재하지 않는다. 답답하고 폐쇄적이던 긴 시절에서 해방되어 사람들의 환희는 폭발하고, 아침까지 그칠 것 같지가 않았다. 백만 마리의 풀풀(나이팅게일)이 지저귀는 것 같았다.

내일부터는 재건의 고생이 시작된다. 그러나 일단 오늘 밤만은 기쁨에 춤을 추자. 모두가 그렇게 생각했다.

남자들이 노래하고 여자들이 춤을 추었으며 아이들이 뛰어다녔다. 개나 닭조차 흥분해 소란을 떨어대, 영원한 엑바타나는 온갖 생물들에게 축복을 받았다.

2기의 여행자가 소란 속에서 몰래 남쪽 성문을 나갔다. 떠들썩한 기쁨에 등을 돌린 채, 빛에서 어둠 속으로 기수를 돌렸다. 그들의 평온은 어둠 속에 있는지도 모른다. 그들은 한 쌍의 남녀였다. 사내는 얼굴 오른쪽 절반을 천으로 가렸으며, 여자의 두 눈은 자신의 의지와는 상관없이 영원히 뜨일 줄을 몰랐다.

영토도 없고 신하도 없다. 파르스의 왕자와 마르얌의 왕녀는 서로만을 가졌을 뿐이었다. 과거 인간 세상에 질서와 전통이 유지되었을 때라면 그들은 영광과 부와 권세에 묻힌 남녀 한 쌍일 수 있었다. 그러나 지금은 그렇지 않다. 나라는 이미 그들의 것이 아니었다.

"이리나 공주, 당신의 머리카락에는 황금의 관이 참으로 잘 어울렸을 텐데."

"히르메스 님, 저는 왕관 따위 필요치 않습니다. 그러한 것이 필요하지 않을 만큼 지금은 행복하니까요."

"나에게는 아직 미련이 있소."

쓴웃음과 함께 중얼거리고 히르메스는 고개를 돌려 성문을 우러러보았다. 활짝 열린 성문을 통해 불빛과 사람들의 목소리가 천천히 밀려들었다.

자신은 누구였을까. 소년 시절부터 믿어왔던 허구가 무너졌을 때 히르메스는 자신의 존재 의의를 잃고 말았다. 그가 추구했던 것은 모래로 만든 왕관이었다. 히르메스는 발군의 무용과 권략을 갖추었으면서도 자기 혼자만의 발로 지상에 설 수 없었다. 타인이 만든 것에 기대, 이를 물려받는 데에만 집념을 불태웠으며, 그것을 잃었을 때 그는 이리나 이외의 모든 것을 잃었다.

무거운 한숨을 쉬는 히르메스에게 이리나가 물었다.

"잔데 경은 어떻게 하실 생각인가요?"

"따라오겠다고 했소만, 말렸소. 아침이 되면 그도 어디론가 떠나겠지. 이 이상 나를 따르면서 두 번은 없을 인생을 낭비할 필요도 없을 테니."

삼의 죽음 또한 히르메스는 견디기 힘들었다. 모래 왕관을 추구한 나머지 얻기 힘든 인물을 죽게 만들고 말았다. 후회하는 것은 아니었으나 패배를 인정하지 않을 수는 없었다. 언젠가 마음을 다잡고 다시 야심을 불태울 수도 있으리라. 그러나 지금은 잠자리가 필요했다. 언젠가 눈을 뜨고 일어나기 위한 잠자리가…….


안드라고라스와 이노켄티스가 죽고 히르메스가 떠난 후, 타흐미네 왕비만이 남았다. 그러나 그녀 또한 왕도 엑바타나를 떠나기로 했다. 안드라고라스의 장례를 마치면 파르스 남서쪽의 풍광 수려한 땅에 저택을 마련하게 될 것이다. 과거 바다흐샨이라는 조그만 공국이 있던 곳이었다.

왕비의 희망을 어떻게 조처할지 왕태자에게 질문을 받았을 때 나르사스는 대답했다.

"왕비님의 희망대로 하십시오. 사람은 모두 자신의 마음속 굶주림을 자기 혼자 가꾸어야만 하는 법입니다. 히르메스 왕자도 그렇지요. 실례지만 전하의 힘으로는 그분들을 구원하실 수가 없습니다. 내버려 두십시오."

"알았네. 나르사스 말대로 하지."

왕이라도 구할 수 없는 사람의 마음이 있다. 하물며 아르슬란은 아직 너무 미숙한 왕이었다. 지금 할 수 있는 일을 소홀히 하지 않고 조금씩, 할 수 있는 일을 늘려나가야만 했다.

정식으로 샤오가 되기 전에 아르슬란은 마지막 한 사람과 작별을 경험하게 되었다. 9월 2일 황혼 녘이었다. 아르슬란은 다륜, 나르사스를 비롯한 15기의 부하들을 대동하고 성 밖으로 나갔다. 아직 야간 여행에 적합한 계절은 끝나지 않았다. 다륜 일행을 언덕 아래에 남기고 아르슬란은 그 사람과 둘이서만 언덕 위에 말을 세웠다. 고국으로 돌아가는 수습기사 에투알, 즉 에스텔을 배웅하는 것이다.

에스텔은 죽은 이노켄티스 7세의 유골을 고국 루시타니아로 가지고 돌아가게 되었다. 모두가 경원시하고 무시했던 가없은 국왕에게는 에스텔만이 충성스러운 신하였다.

에스텔의 결심을 들었을 때 아르슬란은 말릴 수 없었다. 말려서는 안 된다고 생각했다. 그가 할 수 있는 일은 에스텔이 무사히 고국에 돌아갈 수 있도록 조치해주는 것뿐이었다.

육로로 마르얌을 통과하면 왕제 기스카르와 총대주교 보댕의 항쟁에 휘말려들 것이다. 이웃 미스르에서 출발해 항로를 타는 편이 좋다. 충분한 여비도, 호위도 필요하다.

여비는 물론 아르슬란이 냈다. 호위 겸 안내인으로는 길란의 해상상인 구라즈가 신용할 수 있는 부하를 붙여주었다. 그리고 루시타니아인인 '파라흐다'도 에스텔을 따라 고국으로 돌아가, 그곳에서 자신의 과거를 더듬어가게 될 것이다.

"이래저래 신세 많았어."

에스텔은 말 위에서 고개를 숙였다. 대륙공로를 따라 천천히 서쪽으로 이동하는 기마의 대열이 있었다. 에스텔이 참가해야 할, 미스르로 가는 대열이었다. 아르슬란도 인사했다.

"조심해서 돌아가."

헤어지기 힘든 심정이 있는데도 말로 하면 평범한 것이 되고 말았다. 자신에게 기이브 같은 시적 재능이 있다면 좋겠다고 아르슬란은 속으로 생각했다. 그리고 뻣뻣하게 말했다.

"또 파르스에 와 준다면 좋겠는데."

무리일 것이다. 에스텔은 고국으로 돌아가 영지며 상속이며 기사 서임 같은 문제를 끌어안아야만 한다. 남은 가족에 대한 책임이 있다.

"너야말로 루시타니아에 오면 좋을 텐데."

에스텔은 그렇게 말하고는 화난 것처럼 얼굴을 붉혔다.

"조금만 더 시간이 지나면 너는 어엿한 이교도가 되어 뿔도 나고 꼬리도 나겠지. 하지만 그런 모습이 되어서도 나는 네가 누군지 알아볼 거야."

말고삐를 당겨 기수를 돌리며 에스텔은 마지막 말을 건넸다.

"나는 네 정체를 아니까."

그것은 과거 다륜이 아르슬란에게 했던 말과 흡사했다. 말을 마쳤을 때 에스텔은 이미 말의 배를 걷어차 달려나가고 있었다. 아르슬란은 그녀를 잡지 못했다. 그저 달려가는 뒷모습을 향해 손을 흔들고, 딱 한 번 돌아

본 에스텔의 눈에 그의 모습을 새겨두었을 뿐이다. 그
녀가 기마의 대열에 합류해 선의 일부가 되고 점이 되어
사라진 후 비로소 아르슬란은 기수를 돌렸다.

해야 할 일이, 대체 얼마나 많이 아르슬란을 기다리고
있을지.

황폐해진 왕도 엑바타나를 복구하고, 용수로를 수리
하고, 시민들에게 식량을 공급하고, 죽은 이들의 장례
를 지내야 한다. 안드라고라스 왕은 국장을 치러야 할
것이다. 영웅왕 카이 호스로의 묘소도 고쳐야 한다. 삼
도 후하게 장례를 치러주고 싶었다. 아아, 그리고 친부
모님도, 유모 부부도. 어쩐지 장례식만 치르는 것 같기
도 했지만 아르슬란에게 생명과 미래를 준 사람들에게
예를 다하는 것은 당연하다. 이를 마친 후 즉위식을 올
리자. 제19대 샤오가 되어 굴람 제도 폐지령을 비롯한
국내의 개혁에 착수할 것이다. 신두라의 라자 라젠드
라를 비롯한 이웃 나라의 왕들과도 수호를 맺어야만 한
다. 정말로 해야 할 일은 끝이 없었다.

언덕 밑에서 기다리는 동료들의 곁으로 아르슬란은 말
을 몰아 달려갔다. 그 머리 위로 아즈라일이 날개를 펼
쳤다.

다룬, 나르사스, 기이브, 파랑기스, 엘람, 알프리드,
자스완트, 키슈바드, 쿠바드, 메르레인, 구라즈, 이스

판, 투스, 자라반트, 짐사. 훗날 '사오슈얀트(해방왕) 아르슬란의 십육익장+六翼將'이라 불리는 전사들 중 열다섯 명이 이미 그곳에 있었다.

'사오슈얀트의 시대'가 시작되려 한다.


활기와 기쁨에 등을 돌린 채, 어둡고 눅눅한 자신들의 성새에 틀어박혀 패배와 저주의 신음을 연주하는 이들이 있었다. 왕도 엑바타나의 지하 깊은 곳, 네 명의 마도사들이 한기를 느끼는 듯 몸을 맞대고 있었다. 과거에는 사제를 합쳐 여덟이나 있었던 인원이 반감되고 말았다. 제자 셋이 인간들에게 죽임을 당했으며, 마침내 '존사'마저도 최후를 맞은 것이다. 그러나 그들은 절망하지 않았다. 구르간이라는 자가 입을 열었다.

"모두 슬퍼하지 마라. 존사님께서는 예감하고 계셨다. 카이 호스로 놈의 영력이 한때의 승리를 거두는 일도 있으리라고. 따라서 그 광전사 일테리시 놈의 몸을 소장하여 부활에 대비하셨던 것이다."

"그랬군! 허나 그렇다면 사왕 자하크 님의 그릇은 어떻게 하는가?"

군디라는 자가 묻자 구르간이 당연하다는 듯 대답했다.

"뻔한 것 아닌가. 안드라고라스의 육체는 지금 지배할

영혼이 없네."

아!

감탄성을 들으며 마도사 구르간은 어둡고 눅눅한 열정을 담아 동지들에게 속삭였다.

"사왕 자하크 님을 멸시한 인간들이 지금은 승리에 도취되도록 내버려두세. 3년, 3년만 지나면 때가 무르익는다. 그때야말로 놈들은 기쁨의 절정에서 절망의 밑바닥으로 거꾸러질 테니. 오르는 곳이 높을수록 바닥은 깊어지는 법."

웃음소리가 일어났다. 그 웃음소리는 지하 깊은 곳에서 솟아나 지상에 도달하기 전에 소멸해 인간들의 귀에 닿는 일은 없었다.

파르스력 321년 9월 2일이었다.

# 아르슬란 전기 7

2014년 12월 10일 제1판 인쇄
2014년 12월 24일 제1판 발행

**지음** 다나카 요시키 | **일러스트** 야마다 아키히로 | **옮김** 김완

**펴낸이** 임광순 | **제작 디자인팀장** 오태철
**담당편집자** 황건수
**편집1팀** 황건수 · 정해권 · 오상현 · 김동규 · 신채윤
**편집2팀** 유승애 · 배민영 · 권소현 · 박예슬
**디자인팀** 박진아 · 정연지 · 이신애
**국제팀** 노석진 · 엄태진 | **마케팅팀** 김원진

**펴낸곳** 영상출판미디어(주)
**등록번호** 제 2002-000003호
**주소** 403-853 인천광역시 부평구 평천로 132 (청천동)
**전화** 032-505-2973(代) | **FAX** 032-505-2982

ISBN 979-11-319-0383-4
ISBN 979-11-319-0376-6 (세트)

ARSLAN SENKI SERIES VOL.7 OUTO DAKKAN
ⓒYoshiki Tanaka 2014
Illustrations copyright ⓒ Akihiro Yamada 2014
Korean translation rights arranged with KOBUNSHA CO., LTD.
through Japan UNI Agency, Inc., Tokyo and KOREA COPYRIGHT CENTER, Seoul

# 3일간의 행복

나의 삶에는, 앞으로 뭐 하나 좋은 일 따위는 없다고
한다. 수명의 "감정 가격"이 1년에 겨우 1만 엔뿐이였
던 것은 그 때문이다.
미래를 비관해 수명의 대부분을 팔아버린 나는, 얼마
안 되는 여생에서 행복을 잡으려고 혈안이 되지만
무엇을 해도 엉뚱한 결과를 낳는다. 헛돌기만 하는
나를 차가운 눈으로 바라보는 "감시원" 미야기. 그녀
를 위해서 사는 것이야말로 가장 행복한 것임을
깨달았을 때, 나의 수명은 2개월도 남지 않았다.

**인터넷에서 엄청난 화제를 모았던
에피소드가 마침내 서적화.
(원제 :『 수명을 팔았다. 1년당 1만 엔에. 』)**

© SUGARU MIAKI   illustration : E9L
/KADOKAWA CORPORATION ASCII MEDEA WORKS

---

미아키 스가루 지음/ 현정수 옮김
문학으로 탐닉하는 엔터테인먼트

영혼을 회수해 새로운 삶으로 연결하는 사신과 죽음을
원동력으로 "사는" 일을 성실히 수행하는 네 영혼의 이야기

사람은, 영혼은 분명 죽음보다 강하다.

# 베이비 굿모닝

©2012 Yutaka Kono, You Shiina
KADOKAWA CORPORATION, Tokyo.

"저는 사신입니다. 당신은 조금 전에 죽을 예정이었습니다. 그런데 정말 죄송스러운 일이지만 수명을 삼 일 더 연장했습니다."
여름의 병원. 입원 중인 소년 앞에 나타난 것은 미니스커트에 하얀 티셔츠 차림의 소녀였다. 사신에게는 매달 영혼을 얼마씩 모아야 한다는 '할당량'이 있고, 깨끗한 부분만 모아다가 새로운 영혼으로 만든다 = '페트병의 재활용 같은 것'이라고 하는데……

"새로운 생명은 항상, 그것은 절망적일 정도로 이상한 곳, 죽은 자들의 영향에서 벗어날 수 없는 곳에서 태어난다."

ne Pop

코노 유타카 지음 / 한신남 옮김
문학으로 탐닉하는 엔터테인먼트

**방대한 지식으로 풀어내는 신감각 미스터리**

# 만능감정사 Q의 사건수첩 6

중소 공장이 만든 옷을 전 세계적으로 유명한 점포에서 유통시킬 수 있다고 호언장담하는 여자가 나타났다. 아마모리 카렌, 26세. 해외 경찰도 주시하는 그녀의 또 다른 얼굴은 바로 '만능위조사'였다. 그녀가 꾸미는 최신이자 최대의 위조품 MNC74란 무엇인가. 가마쿠라의 저택에 초대된 린다 리코를 기다린 것은, 이상하면서도 목적을 알 수 없는 수많은 감정 의뢰였다. 리코에게 최대의 라이벌이 등장한다. 오리지널 장편 'Q 시리즈' 제6탄!

**만능감정사 VS 만능위조사**
**린다 리코에게 최강의 라이벌이 등장한다?!**

©Keisuke MATSUOKA 2010
カバーイラスト/ 清原紘
KADOKAWA CORPORATION, Tokyo.

마츠오카 케이스케 지음/주원일 옮김
문학으로 탐닉하는 엔터테인먼트

# 제16회 전격소설대상 〈심사위원 장려상〉 수상작!

"당신이 제 운명의 상대라고, 오로지 당신을 사랑하는 것에 제가 태어난 의미가 있다고,
진심으로 믿어요. 하지만 당신이 저를 사랑하지 않는다면, 제가 이 세상에 태어난 의미의 절반 이상을
잃어버리고 말 거예요. 그러니 제발 부탁이에요. 제가 이곳에 있도록 허락해 주세요.
지금 당장 모든 결론을 내라고 강요하진 않겠어요. 언제까지고 기다릴 거예요.
그러니 제발 저를 사랑해 주세요. 저는 이제, 정말로, 거짓 없이, 진심으로, 울고 싶을 정도로,
비굴하리만큼, 당신에게 사랑받고 싶어요."

**마치 비를 피할 곳을 찾는 것처럼, 모두가 자신이 머물 곳을 찾는 이야기.**

# 창공시우 (蒼空時雨)

© AYASAKI SYUN   illustration : Wakamatsu Kaori
/KADOKAWA CORPORATION ASCII MEDEA WORKS

"저는 사랑이 끝날 날을 생각하고 다른
사람을 사랑하거나 그러진 않아요."
우연히 비를 피하다 시작된 애절한 사랑.

어느 날 밤, 마이바라 레오는 아파트 앞에 쓰러져 있는
여인, 유즈리하라 사야를 돕는다. 레오에게 돌아갈
곳이 없다고 털어놓는 사야. 그녀는 레오의 집에
얹혀살면서 레오의 마음속에 가득 찬 의심을 차츰차츰
풀어 나갔다. 그리고 마침내 레오의 마음이 사야에게
끌리기 시작했을 무렵, 그녀가 숨겨왔던 자신의
비밀을 이야기한다. 사야의 이야기를 듣고 놀라는
레오. 그러나 그에게도 중대한 비밀이 있었는데……

교묘하게 짜인 복선이 겹겹이
중첩된 에피소드를 통해 풀려나가는
신감각 청춘군상 스토리.
화조풍월 시리즈 제1탄

ne Pop
아야사키 슌 지음 / 엄태진 옮김
문학으로 탐닉하는 엔터테인먼트

# 제16회 전격소설 대상
## 〈미디어웍스 문고상〉 수상작!!

# [映]암리타

**"저를 사랑하고 있나요?"**

독립영화 제작에 참가하게 된 예대생 후타미 아이이치.
그 영화는 천재로 유명하지만 종잡을 수 없는 성격의
여성, 사이하라 모히야가 감독을 맡은 작품이었다.
처음에는 그 천재라는 칭호에 반신반의했었지만,
후타미는 그녀의 콘티를 보자마자 그 매력에 빠져
놀랍게도 2일 이상 쉬지 않고 계속 읽게 되었다. 그녀가
촬영하는 영화, 그리고 그녀 자신에 대한 흥미가
후타미를 촬영에 몰입하게 한다.
그리고 결국 영화를 완성하게 되지만……

**"우리가 만드는 영화는
무척 멋진 것이 될 거예요."**

노자키 마도 지음/ 구자용 옮김
문학으로 탐닉하는 엔터테인먼트